Cora Friedrichs

Der Sohn der

Roten Wölfin oder

Das Scheusal vom
Hohen Meißner

Eine fantastische Erzählung
aus dem Nordhessischen Bergland

Wenn im Text so eine Art ⁱ zu sehen ist,
steht die Worterklärung hinten im Buch.

In Hebrew amulets Samael is
represented as the angel of death

Jewish encyclopedia.com

Samael schielt, ist dunkel und hat Hörner

wikipedia.de

Prolog

Ja, ja … so ist das, mit dem Landstrich Nordhessen!

Ach, was es hier alles gibt. Märchenstraße, Fachwerkstraße, Bergpark, Nationalpark, Museen...

Viel Arbeitslosigkeit, sagt man. Eher niedrige Löhne, das sagt man auch – aber dafür sind die Mieten angeblich nicht hoch.

...Nicht *so* hoch! - Sie wissen schon.

Von der Optik her spricht es den Jäger und Sammler in uns ganz direkt an, wenigstens hab ich das mal in einem Buch über Mittelgebirge gelesen.

Ja, es ist mittelgebirgig. – Eher gar nicht gebirgig, wie Leute aus Gebirgen dazu häufig sagen ... waldreich, immerhin.

Naja, nun; bringt einen mitunter auf seltsame Ideen.

Und aus dem Grund wurden hier viele Märchen geschrieben. Die dollsten Dinger, das kann man sagen! Aber, gut! Kommen wir lieber langsam zur Sache, wir müssen ja auch mal anfangen, hier. – So allmählich.

Verlassen wir also die Heimat von Amazon, Braun und VW (nicht wahr, das tun wir doch alle mitunter ganz gern), und wenden uns einmal mehr Nordhessens Nordhessischer Paralleldimension zu.

Und falls Sie die nur von diesen - *anderen* Märchen her kannten, also aus Märchen, wo die Dinge etwas anders dargestellt sind...

...Dann ist das ja eigentlich gar nicht so schlimm.

Nur so ein paar Sachen, die sollten Sie wissen. –

In dieser, wie hab ich gesagt, *Paralleldimension*, da gingen sie einst vom Odenberg fort... – *Wer, `sie´ ?!* - Naja, nun:

Halt diese Leute, um die es gleich geht!

Sie sind, grob gesagt, erst mal in Richtung Meißner gezogen. Und da haben sie sich auch bald heimisch gefühlt.

Das Jahr 2009 hinterließ jedoch Spuren.

Sarina kehrte in unsere Welt hier zurück - und da lassen wir sie erst mal. Die taucht schon früh genug nochmal auf.

...Wenn auch nur am Rande.

Und Bauer Bärenfänger (*den* wiederum können Sie sich schon mal merken), den hat es erwischt.

Seine Tochter, die Rote Wölfin, war plötzlich nicht mehr der einzige Werwolf in der Familie.

Und seitdem konnten sie alle beide die Dorfwächter sein.

– *Dorfwächter, häh?* Gut, ist ja gut: Was das ist, werden Sie schon noch erfahren.

Silja, also, die Rote Wölfin, heiratete schnell ihren Jochen... Und dann bekam sie auch endlich ihr Kind.

...Und wenn sie nicht gestorben sind – na, wie, jetzt!

Natürlich sind sie nicht gestorben, Werwölfe werden so ungefähr hundertundfünfzig. Ähnlich wie Vampire ... werden Sie jetzt sicher sagen – aber, halt, das ist doch kompletter Quatsch.

Hören Sie mir doch bloß auf! Das weiß man doch, dass es sowas nicht gibt: Hexen, Vampire, vielleicht wollen Sie auch noch einen Gnom, was denkcn *Sie* denn, wer ich hier bin?

Ihre Märchentante, vielleicht?! Einmal was von Werwölfen hören, und schon an Vampire denken! Nee, nee!

Aber, gut, ist ja gut. Kommen wir lieber zum Thema zurück. Sie lebten also alle noch, besagte Werwölfe, und auch die Menschen. Jedenfalls, fast alle. Sagen wir, zumindest noch ziemlich viele. Und so gab es in jener Welt erst einmal nichts, was einen weiter hätte beunruhigen können. - - Allerdings hatte man im März des Jahres Zweitausendundzehn in *unserer* Welt Protonen und Bleiionen aufeinander geschmissen...

...Oder so.

Oh, nein: Fragen Sie mich jetzt bitte nicht, wie. Oder, warum – ach, fragen Sie doch wen anders, hab ich denn Ahnung von sowas? Na, jedenfalls: Man tat das (so hörte ich), weil man diese sagenhaften neuen *Teilchen* herbeizaubern wollte.

Kann man ja immer mal brauchen, solche Teilchen.

– Denk ich mir jetzt. Und vielleicht machte man gleich noch ein paar Schwarze Löcher … Himmel, Herrgott, was weiß denn ich!

Na, wie auch immer, keinen Menschen interessierte das wirklich. – Es dachten aber viele, dass etwas schiefgehen würde.

Man meinte, das Universum, das faltet sich.

...Halt so, wie man das als Nordhesse auch gleich befürchtet, wenn man mal zu sehr lacht ... oder zu häufig grinst, oder wildfremde Leute anlächelt – oder überhaupt mal so richtig nett ist. Zu irgendwem.

Es ist aber nur ein kleiner Riss im Multiversum entstanden. Und das ist der Grund dafür, warum in Nordhessens sehr Nordhessischer Paralleldimension *sehr seltsame Sachen* geschehen ... sieben Jahre nach dem Mai 2010.

Im Jahr 2017 wird also manches lebendig, was es zuvor nur in Märchen gab. Und zwar in den bösen.

Aus jeder Geschichte wacht Böses auf –

...wie das dann halt manchmal so ist.

Und jetzt reicht es aber auch, hier, mit der Science Fiction, weil das hier nämlich was ganz anderes ist.

– Eigentlich. Also, Schluss jetzt, hier.

Mit dem Einleitungskram.

Ich meine, fangen wir halt einfach mal an.

Eins

**Durch ein übles Erlebnis des Bauern wird
Fengur klar, dass nichts mehr so ist, wie es war.
Und später kriegt er das Märchen vom Irrlicht erzählt.**

Es war einmal…
   ...ein Riesenhaufen Langeweile. Kennen Sie das?
So richtige Langeweile, die sich einem ins Gehirn bohrt, sodass
man Stücke aus der Wand heraus beißen möchte?
   Fengur lernte sie gerade kennen.
Er lag bäuchlings auf der Bank, was ihm Kinn und Lippe nach
vorne drückte. Und dazu machte er ein paar stöhnende Töne -
   Ihm war so völlig langweilig... Jaa, der Fengur.
Das war schon einer.

Wo immer es krachte, stand er mittendrin. Zudem war er
gefräßig, fast wie eine Made... Die verschiedensten Dinge be-
mühten sich drum, ihn sehr zu verschmutzen, und auch seine
Kleider wurden dabei nicht verschont – nein, nett anzusehen war
er nun gerade nicht. Und überhaupt war er oft zum Verzweifeln.
Allein seine Stimme...! Ja, die war oft ein Keifen.
   Und zwar eins, das sogar ein wildes Schwein in den Wald
zurück treiben kann –
   Aber wenigstens konnte er richtig schnell rennen.
Hüpfen, Klettern, Märchen erzählen... Und auch, was er so über
Werwölfe wusste (- die in *Jener Welt* in jedem Dorf
Dorfwächter sind) – das war in der Tat beeindruckend viel.
   Denn er hatte gleich zwei davon in der Familie.
Aber gerade so einer mit großem Wissen, der sehr viel drauf hat
und ganz viel kann, findet häufig erst recht nichts zu tun...
„Ach, Kind. Dann spiel doch halt was!" – Ja, nun. Dazu hatte

er halt keine Lust. Denn eigentlich war er auch etwas beklommen... Seine junge, sehr schöne Mutter, die Silja, die war noch immer draußen im Wald. – In ihrer rötlichen Wolfsgestalt strich sie durch die Auen, um auf das Dorf aufzupassen.

Wie sich das für einen Werwolf gehört.

Das machte für gewöhnlich ihr Vater, der Bauer. Aber der war seit Mittag im Bett. Denn er war in der Frühe… Na ja, wie soll man sagen! – Mit so einer Art *Wildrind* aneinandergeraten.

...Erst hätte er schwören können, dass es ein *Ungetüm* war, als es so vor ihm stand, als wolle es gleich ins Dorf ´reinkommen - - „Ein Wisent - Dämon!" hatte er beim Heimkommen dazu gesagt. „Oder sowas..."

„Fatter, du sollst doch erst gucken," hatte Silja gerufen.
Und die kleine Bäuerin meinte nur, „Ja, nun! - Du wirst alt."

Da hatte der Bauer ein bisschen so ausgesehen wie ein Wolf in der Falle, obwohl er doch gerade im Menschenleib war, und wurde böse. – Sodass Fengur den Tränenknopf drücken musste - „Ja, was!" hatte da der Opa gerufen, während ihn alle anschrien, weil das Kind wegen ihm weinte, „Ich bin jetzt ein Werwolf (falls das noch keiner gemerkt hat). Soll ich mich da für die nächsten neunzig Jahre wie ein *Fossil* benehmen, oder wie stellt ihr euch das vor?!" - - Ja, dazu war nicht viel zu sagen. Und deswegen hatten sie ihn Schlafen geschickt.

...Tja! Auch deshalb war Fengur zur Stunde geknickt -
Nicht mal der Opa war greifbar.
Rein gar nichts war los. Wirklich schlimm.

Dabei war seit geraumer Zeit eher zu viel los...
Ja, - *v i e l zu viel...!*

Seit einigen Wochen, da war es reineweg übel; ständig wollte *Böses* in die Dörfer hinein. – *Grobzeug*, sagte man (und damit meinten sie nicht etwa Menschen)... Untiere, Monster - *seltsames Gezücht!* Alle sprachen von `Neuen Dämonen´, und davon, wie schwer es die Dorfwächter hatten. Und keiner hatte für Fengur Zeit.

Sogar sein eigener Vater, der Jochen, der hatte ihn grad aus der Werkstatt verscheucht, die gleich neben Opas Bauernhof war. Heut allerdings nur, weil Fengur stank. Denn er hatte - na, das muss ja jetzt niemand wissen, auf jeden Fall ist Gestank für die Kundschaft sehr schlecht, und die Bäuerin musste ihn baden.

Zweimal. – Mann! Das Leben konnte so schauderhaft sein, und der zweimal gebadete Fengur hasste es wirklich. So langsam wurde er ein richtiger Nordhesse, das Leben, ach, hört mir doch auf. - Ja. Ja, Fengur, Fengur … ist das nicht ein komischer Name, für einen Nordhessen?

Ach, Quatsch. Haben Sie kürzlich mal in die Schulen geguckt? Auf *Unserer Seite*, meine ich jetzt – Jette, Timpe, Tomte, Zoey, Frieder, Django, Pumuckl, Gorm und Joyceline, ach, es ist schlimm...

…So ein Glück, dachte der gelangweilte und doppelt ge-schrubbte Fengur; so ein Glück, dass sich der Fatter vom Opa erhängt hat. – Sonst hieße ich jetzt wie *der*.

Und einen noch blöderen Namen konnte es nun wirklich nicht geben…

Zum Glück war sein Vater einem Burggraf begegnet. Der war ein Wikinger. - Ein Immigrant.

Er hatte dem Jochen ein Eispferd geschenkt, und so hatten sie, als Jochen heimkam, seinen Sprössling nach diesem Burggraf benannt. - - *Und dann*, dachte Fengur (der, wie gesagt, gelangweilt war, und deswegen auch traurig), *augenscheinlich ganz einfach vergessen* -

Und er tat, was er tun musste, lief hoch, und weckte den Opa.

Der konnte seine Freude erst gar nicht so richtig zeigen.

„Herrgott, das Kind," sagte er.

Fengur machte Anstalten, sich neben die Katze zu setzen -

„Hör damit auf," keuchte der Bauer. „Ich bin überall grün und blau. Ich werde dich ..." – „Wie denn, wenn du überall grün und blau bist?" – „Und nimm auch endlich dieses Tier von mir runter." – „Na gut." Fengur klemmte sich die Katze unter den Arm, und rieb ihr so sehr den Kopf, dass sie schnurrte.

„Großvater, soll ich dir eine Geschichte erzählen?"

– „Kind," … der Werwolf bekam seine appellierende Stimme.

„Ich musste zwei Nächte lang munter bleiben, weißt du denn nicht, dass auch ich schlafen muss?" –

„Ich weiß. Darum erzähl ich ja was..." –

„...Wo sind denn die Frauen! Warum kommt hier denn keiner. Das Kind! Silja, dein Kind ist bei mir," – der Bauer lauschte.

„Heh! Dein Kind ist hier. Hier, bei mir! Silja!!" rief er.

„Kommst du mal?! Nimm mir gefälligst das Kind wieder weg!"

„Aber Opa, die Mutter, die ist nicht da, die ist verwandelt und draußen im Wald," sagte Fengur, „... und sicher passiert ihr da was, weil du ja unbedingt schlafen willst."

Da wurden die bösen, kleinen Augen vom Opa ganz groß, und man konnte sehen, dass er auch schluckte - ja, so ist das. Man muss die Leute erst einmal mundtot kriegen, wenn man ihnen etwas erzählen will.

Da hatte er aber die Rechnung ohne den Opa gemacht, der wurde jetzt giftig, und machte sich hoch.

„Du ekliges Balg," sagte er, und strich eine entfleuchte Strähne hinter sein Ohr. „Dann hör *du* mir jetzt zu ..." – „Ja, auch gut. So rum geht's auch," meinte Fengur, und legte sich bäuchlings daneben. - Nein, Angst vor dem Werwolf kannte er nicht.

Auch, wenn der früher solche Sachen gesagt hatte wie: „Silja, wann willst du Fengur denn endlich mal beißen?! Oder sollen wir zusehen, wie er bald ein alter Mann wird, und stirbt?"

„Papa, hör damit auf," hatte Silja dann immer gesagt, „Wenn er einmal groß ist, dann kann er das selber entscheiden: Ob er sich beißen lässt, oder auch nicht. (Und wenn *du* es tust, - *jetzt*, meine ich, - das verzeih ich dir *nie*.)"

Ja, da brauchte man schon gute Nerven, wenn man aufwächst mit solchen Worten. Aber einer, der von alten Werwölfen heimlich das Reiten beigebracht kriegt, bevor er noch laufen kann, der hat die auch. Das können Sie glauben.

Ja, nun! Das wusste der Bauer auch!

Und darum dachte der auch gar nicht dran, seinen Enkel zu schonen, als er nun begann, so richtig was zu erzählen.

Oh, Nein: Eine totales Horrording dachte er sich da aus.
- Er brummte noch mal, und dann ging es los.

„Als wir vor vielen Jahren vom Odenberg hier her geflohen sind, kamen wir zuletzt durch eine grausige Gegend. Da, auf dem h ö c h s t e n B e r g d e r g a n z e n W e l t..."

...Und so weiter. Ja, ja! Das war schon was Dolles, was sich der Bauer zurechtspann. Der konnte das gut. Und am Ende war Fengurs Gesicht etwas rot. Es sah beinahe aus, als wär ihm die Mär an die Nieren gegangen. Na, jedenfalls: Derart errötet verließ er den Opa, und lief wieder nach unten – wo er auch gleich richtig gut abgelenkt wurde.

Zwei

Der Jäger kritisiert Fengurs Opa, oder besser, dessen dorfwächterliche Vorgehensweisen. Dann zanken sich alle beim Abendbrot. Anschließend wird zurückgeblickt auf Fengurs Recherchen[ii] über den Tod... Und in der Nacht erinnert sich der Bauer an seinen verdrehten und längst toten Vater.

Es klopfte nämlich. Der Revierpächter kam rein, wobei er die kleine Bäuerin einfach beiseite schob, und knallte irgend so einen Kopf auf den Tisch.

– „Kann mir mal einer das hier erklären?" rief er.
Eine beträchtliche Menge von Blut floss ungeniert über besagten Tisch, und tropfte mit Ruhe auf den sauberen Boden. So, so:

Das Wildrind, von dem der Opa vertrimmt worden war –
die Bäuerin schätzte es gar nicht, es auf diese Art selber kennenzulernen. – „Der Fatter ist krank," knurrte sie.

„...Er ist - eh, - nicht *da*," ...Silja (inzwischen im Menschenleib, und wieder daheim) schlug sich die Hand vor den Mund - - aber da kam ihr Vater auch schon verbindlich lächelnd herunter.

Und der Jagdpächter grinste ein bisschen, als er ihn sah.
„Moment. Halt," sagte der Bauer, und blieb auf der Treppe erst einmal stehen, „Ich kann das erklären. Es war ein Versehen. Ich arbeits´ dir ab, dieses … dieses Tier. Ich wollt morgen gleich zu dir, und dir das alles erklären."

„Warum du dem Vieh da den Kopp abgebissen hast?"
– „Ja, warte. Ganz ruhig! Weißt du: Ich dachte doch, es sei ein Wisent - Dämon." – „Ja ja ja ja, der Vorgarten - Spuk. Ich glaub eher, du wirst auf deine alten Tage ein bisschen wuschig. Ich

meine, guck dich doch an! Lichst am hellen Tare im Nest un siehst uss..." ...Der dünne Schnurrbart des Bauern fing an, sich ein bisschen zu sträuben, was der Revierpächter glatt übersah – „...Als hätteste einen gesoffen! Wie willst du da auf unser Dorf hier aufpassen?! Kannst du mir *das* mal erklären?"

- Fengurs Opa kam die Treppe nun gänzlich herunter, um den Herrn Pächter Aug in Aug anzusehen - - „Weißt du," so sprach dieser weiter, „Wie man sowas nennt? Das nennt man`Wildern´. Ja, ja, ja, ja! Ein Dorfwächter muss au ma *überlegen* (egal, ob er auf vier Flossen unterwegs ist, oder auf zweien). Der muss halt gucken, was´n *Monster* ist, oder bloß so´n einfaches *Vieh*... Kein Wunder, wenn du so´n wildes Rindsviech gleich für Dämonen-gelichter hälst. Nit wahr, ein bisschen *durch* warst du ja schon immer. Aber jetzt -" ...Und schwupp, schon hatte der Jäger ein wenig Luft unter den Füßen, denn der Bauer packte ihn an seinem Hals.

Und drückte ihn nicht gerade sacht an die Wand – „Vater …!" schnappte Silja, als es dann krachte – der ließ sich aber nicht irre machen, sondern gab seinem Enkel einen ganz kleinen Wink. Worauf der Junge gleich brüllte. Wie eine Sirene.

– „Da," meinte der werwölfische Bauer mit Nachdruck, während er sich vor dem Herrn Jäger verbeugte, und dabei eine weit ausholende Geste machte, um mit noch mehr Nachdruck auf den kleinen, weinenden Jungen zu zeigen.

Und sah mit den zauseligen Haaren um seine Verbrecher-visage, den nackten Beinen und dem langen Hemd aus wie Judas Ischariot, der zu Karneval als Hesekiel geht – [iii]

„Da. Guck, was du angerichtet hast ..."

„Ja. Ja, tut mir leid," sagte der Jäger, wobei er anfing, aus der Nase zu bluten, und sein Blick folgte gehorsam dem wedelnden Finger, der eben noch mit seinen vier Kumpels zusammengeknüllt in seinem Gesicht eingeschlagen war. „Aber schön, echt schön, dass es dir offenbar wieder … wieder wieder gut geht, wenn du dann - so nett wärst, und mir morgen ein bisschen Holz machst, so für das Tier." – „Hab ich ja gesagt," sagte der Bauer, und half ihm raus. – Mein Opa, dachte Fengur glücklich, kann im Nachthemd dastehen und machen, dass so ein Mensch da anfängt zu stottern.

Aber, natürlich: Die rote Werwölfin sah das ein bisschen anders.
  „Wenn du noch mal vor dem Kind hier wen schlägst," sagte sie, „...gehen wir alle drei von euch fort."
  Ihr Vater sah sie irgendwie an, und langte nach dem Finger vom Kind ... das Anstalten machte, sich solidarisch seine Rechte zu schnappen – doch sie zog es hinter sich her.
  Und er wartete noch auf das Rummsen der Tür, bis er den Kopf hängen ließ, um sich die Hand vor die Augen zu halten.

Vielleicht war das der Moment, in dem der hinterdrein gezerrte Fengur begann, das alles vollends dramatisch zu sehen:
  Das mit den `Neuen Dämonen´ im Wald. Und all dem Ärger, der dadurch entstand. Und die böse Geschichte, die der Opa erdichtet hatte, um ihn, den Fengur, zu ärgern, die kam ihm plötzlich vor wie … wie ... wie eine echte Notwendigkeit.
  Wenn wir nur ein Irrlicht hier hätten! dachte er.
Denn: *Wo ein Irrlicht ist, braucht man keine Wächter...*

Na, wie auch immer. Zum Abendbrot gab es statt dünner Suppe halt Wisentkopf, - also Hirn, und Zunge, und Augen.
  „Ja, so war das, als der Herr Pächter den Kopf verlor –"
...Keiner ging auf den Sparscherz der Bäuerin ein, und so versuchte ihr Enkel, sich schonmal zu informieren.
  „Mutter, weißt du, ob es Irrlichter gibt?"

Scheinheilig: Fengur kannte die Antwort. Durch Opas Geschichte! Aber irgendwie musste man in das Thema hinein, und der werwölfische Großvater war schließlich nicht da.

Nee ... der lag draußen, im Regen. Da, unterm Busch.

Ja, nun. Er war jetzt doch schon wieder verwandelt. Und das aus gutem Grund: Er hätte das nie zugegeben (nicht mal vor sich selber), aber er baute häufig darauf, dass es leichter war, einem puschligen Wolf verzeihend übers Stirnfell zu streichen, als einem alten Kerl in die scheelen Glotzaugen zu sehen.

Meistens konnten die Frauen auch nicht lang widerstehen – nur heute, da dauerte es schon noch ein bisschen.

Auch Jochen war unzufrieden mit einem verregneten Schwiegervater in einem Gebüsch. Er biss sich andauernd auf die Lippen, was ihm das Essen natürlich erschwerte –

„Vater, woraus ist ein Irrlicht gemacht?" fragte ihn Fengur, aufs Neue den Einstieg in ein Thema versuchend, das keinen sonst zu ergreifen schien.

„Ach, Fengur," rief Jochen, „Aus Licht. - Findest du nicht, dass du ein ziemliches Theater machst?" Und damit meinte er Silja.

„Er hat überreagiert." – „Ja, hat er. Na und?"

– „Er hat *zweimal hintereinander* überreagiert, ich meine, Wisent - Dämon! Das ist doch Irrsinn. Am Ende wird er noch auf irgendwelche Touristen losgehen," spätestens Ostern, da in der Kneipe. – „Ist ein Irrlicht so stark wie ein Wisentdämon?"

„Fengur, sei lieb. Und iss jetzt dein Auge."

Immerhin, sie hatten nur zwei. Ach, ja... Silja knurrte, obwohl sie doch gerade im Menschenleib war. Das Geräusch hatte mit ihrem Status als Werwolf auch gar nichts zu tun: *Am liebsten* (dachte sie) *würd ich dem Fatter das zweite da draußen direkt vor die Schnauze hinschmeißen. Falls der - heut noch was essen will.* - „Darf der Opa nun nie wieder rein?!" - Da nahm die kleine Bäuerin ihren eigenen Teller, und ging in den Regen zu ihrem Rosenbusch raus ... oder besser, zu der beleidigt aus dem Busch ragenden, lackschwarzen Nase – und Fengur fing lieber an, nochmal zu heulen. Und im Inneren dachte er:

Ich muss was tun! - Ein Werwolf, der das Dorf bewacht, der wär gar nicht nötig, wenn wir nur ein Irrlicht hier hätten...

Wenn das bloß nicht, wie Opa erzählt hat, so ein abscheuliches *Irgendwas* wär. (Und, *wie* abscheulich, das stellte sich zu dem Zeitpunkt noch keiner vor). – Aber was soll schon passieren, dachte der Fengur; - ich kann höchstens sterben.

Ich werde, überlegte er sachlich, ja sowieso nicht so lange leben. Selbst Opa sagt, dass ich in nicht mal hundert Jahren ganz plötzlich ein alter Mann bin, und tot -

Aber Totsein war durchaus schön, das wusste Jochens Sohn schon seit Wochen. Warum? Naja! Als es ihm mit diesen seltsamen Sorgen, die sich der Opa um ihn, Fengur, machte, dann doch mal mulmig geworden war, hatte er sich zum Pfarrer begeben. – Vor geraumer Zeit - und hatte den mal gefragt.

Was es überhaupt auf sich hatte, so mit dem Sterben.

- - „Wenn du tot bist," hatte der Pfarrer damals gesagt, „...und ein guter Mann warst, kommst du in den Himmel."

„Ist das da, wo sie andauernd viel trinken, und als mit diesen Mädchen da spielen?" Fengur spielte an sich nicht so gerne mit Mädchen. „Na ja!" Der Pfarrer legte den Finger vor seinen Mund, um erst was zu sagen, wenn ihm was eingefallen wär. Und dann erkannte er, dass es besser war, dem Jungen ein JA oder NEIN herzugeben. - „Hn ... Ja."

– „Hn," hatte das Kind daraufhin kurz gemacht, „...Und wie bin ich denn überhaupt gut?" – „Sei so, wie Gott dich haben will, und du sollst den Herren auch nicht fürchten." – Gut, das

Letzte war leicht: Seit seine Tante die Endlösung für den dämonischen Dorfgraf gefunden hatte, gab es sowieso keinen Herrn mehr zu fürchten. Aber das andere klang kompliziert.

„Und? Ich meine, *was* jetzt? Wie *will* der mich denn?" „Ja, wie! Halt, wie gesagt, *gut*." – „Na, und wenn nicht? Wird der dann böse, der Gott da im Himmel, und wirft mich raus?" – „Oh, nein, Kind, Gott ist gut, und darum kommt *jeder* in unserem Himmel (ich meine, jeder, der will)."

„Ja, aber, wofür muss ich dann überhaupt gut sein, wenn der sowieso nicht böse wird?" – „Weil's besser ist." – „Und woher soll ich das wissen, was besser ist?" – „Weil ein richtiger Mann weiß, was besser ist." – „Und warum bauen dann alle so'n Mist?"

Der Pfarrer räusperte sich. „Hm. Kind. Da du doch ein halber Chatte[1] bist – oder drei Viertel (was weiss ich) - solltest du vielleicht auch noch mal zum Neffe vom Dokter hingehen."

...Und genau das hatte der Junge damals getan: Er ging hin, und stellte in Gottes, äh, *Wodans* Namen die selbe Frage auch noch dem Schamanen.

Der Dorfschamane schwieg erst verdutzt, und fühlte sich überfallen, aber dann rückte er seine Brille zurecht, und wagte die Flucht nach vorn.

„Wenn du dann alt bist, und ein furchtloser Kerl warst, dann kommst du gleich nach Walhalla."

Ja, ja. Ein furchtloser Kerl bin ich schon, aber was soll ich als alter Mann in Walhalla?! – „Sind unsere Hunde da auch?" Auch die waren vollkommen plötzlich ganz alt gewesen, sodass

---

[1] Chatten: Der lokale Germanische Volksstamm, den die Christen in unserer Welt ausgemerzt haben, und den es auf der *Anderen Seite* natürlich noch gibt.

man eine plastische Vorstellung davon bekam – na ja. Ja...
Also! Der Neffe vom Dokter entschied sich für Ja.

- Und rückte nochmal an seiner Brille.
„Und wenn man mal nicht furchtlos ist?"

„Dann ist es so ungemein mutig, sich das selbst einzugestehen,
dass man auf direktem Weg nach Walhalla kommt." - Oha, das
kam wie aus der Pistole geschossen, der junge Schamane kannte
sich offenbar aus.

„Und wofür muss man dann überhaupt furchtlos sein?! Und,
überhaupt: Heißt das denn nicht *Stovokor*?" ⁱᵛ Fengurs Tante
Sarina aus der Anderen Welt hatte ihm viele Dinge des Lebens
bereits sehr gut mit Star Trek erklärt. ...„Ich glaube," fügte der
Junge also hinzu, „...so heißt es bei den *Klingonen*."–

„Klin... Sind das die Leute, die noch immer dort wohnen, wo
damals euer ganz kleines Pferdchen herkam?"

– „*Es ist nicht klein!! Es ist ein Eispferd!!!*"
„Klingonen, Klingonen.Wie sehn die denn aus," fragte der junge
Mann schnell, bevor das Kind heulend losbrüllen konnte. – „Die
haben zerfurchte Stirnen," sprach Fengur, „Und *sehr* lange
Haare, die irgendwie ganz kringelig sind - viel, viel, *viel* länger
als wie bei dir. Noch länger als wie bei Papa und Opa. Und sie
haben *sehr* dunkle Gesichter. Wie Kastanien - so braun."

So? dachte der Dorfschamane für sich.

Die sind da sehr braun? Das klingt ja total nach unserem
Amerikanischen Werwolf! Unserm Benni, der damals durch das
Weltentor kam, und hier die Kartoffel eingeführt hat. Ach, ja –
dann war der am Ende gar kein *Amerikaner*, sondern auch ein…

Ja, ja, die Tante Sarina! Die hatte dort vieles verwirrt. –
In jener Welt! So schnell sie nur konnte. In der kurzen Zeit! Die
sie dort verbrachte… Momentan war sie aber auf der Anderen
Seite beim Fengur nicht greifbar.

Hatte keine Gelegenheit mehr, die Leute dort zu verwirren... Nee, Sarina war wieder bei *uns*.

Immerhin hatte sie jetzt ihre eigene Familie, und keine Lust mehr, andauernd zwischen den Welten zu wechseln. Kann man ja verstehn!

Und übrigens studierte sie auch nicht mehr Design, nein, nein. Inzwischen arbeitete sie an ihrer Doktorarbeit:

`Lycanthrophie ist definitiv keine bipolare Störung!!´

Ein doller Titel, nicht wahr? Aber auch der tut hier garantiert nichts zur Sache; kommen wir lieber zu dieser *Anderen Welt* da zurück –

Also, zu jenem Tag, an dem es die Einzelteile vom Wisentkopf zum krisendurchsetzten Abendbrot gab.

**

Ach, ja. Jetzt haben wir so lange zurückgeblickt, da ist dieses Essen natürlich vorbei...

Und Fengur wurde ins Bett rein gesteckt.

„Oma," (die deckte ihn gerade zu, denn Silja wächterte wieder im Wald). „Was *ist* nun ein Irrlicht?!"

„Wie kommst du denn da drauf?" – Na ... das sagte er mal lieber nicht. - „Hn, lass ma´ überlegen; das ist ein sehr schönes Mädchen mit goldenen Haaren, das immerzu singt ..."

– „Tante Sarina!" – „...Eh - nein. Und das schwebt durch den Sumpf, und lockt Leute ins Moor." – „Warum?" –

„Um ihre Seelen zu fressen, nun schlaf." – Ja!

Er war auf der richtigen Spur: Zumindest was das Futter anging, schienen sich die Geschichten zu decken. Fengurs Herz klopfte heftig, vor lauter Freude. Er biss wie vorher sein Vater auf seine Lippen. Er hätte triumphierend aufschreien können ... nur, was, bei Gott und allen Geistern – war eine *Seele?!* - Die Katze fraß

19

Mäuse, der Gandur meist Heu, Katze? Mäuse? Gandur und Heu, er schlief ein. –

**

Schließlich war es fast Mitternacht. Silja, die Rote, war noch immer verwandelt. Sie streifte irgendwo draußen herum...

Die kleine Bäuerin indessen sah aus dem Fenster.
Sie guckte, als würde sie gleich etwas Scheußliches sehen... Trotz Abneigung und Furcht auf ihrem Gesicht schien sie fast drauf zu warten; tiefsinnig schüttelte sie den Kopf, und wich zurück.

Auch Fengur war schon wieder wach.
Er kauerte oben, gleich an der Treppe. In der Stube war immer noch Licht; aha, dachte er: Sehr offensichtlich sind auch Opa und Oma noch munter. Des Bärenfängers Enkel gefror zu einem Standbild, naja, zu einem Hockbild der Lautlosigkeit – eine schöne Gelegenheit, doch mal zu horchen, ob dieses Dorf- wächter überflüssig machende Irrlicht auch weiterhin Opas Thema war.

…Nein, war es nicht. - „An deiner Stelle würde ich den Jäger nicht so sehr reizen," meinte Fengurs kleine Großmutter eben - „Ach, komm. Dieser Hirsch. Was soll der denn machen?"

Der inzwischen aus dem Rosenbusch zurückgekehrte (und erneut rückverwandelte) Opa hielt einen Schädel in seiner Hand. Unglücklich betrachtete er die recht kleinen Hörner...

Eigentlich hatten sie diesen Begriff noch gar nicht verdient.
Eigentlich war das kein Wisentschädel.
E i g e n t l i c h war das der Deckel von einem Kalb.
Fengur konnte sehen, dass der vom Kalb vermöbelte Opa sehr überlegte.

„Könntest du vielleicht überall sagen, dass es ein ... ein *Großes* gewesen ist...?!" - Er wusste ziemlich genau, dass sie überall was sagen würde. „Ich hab was ganz andres zu sagen," brummte die Bäuerin, „...Einfach *beiseite geschubst* hat mich der feine Herr Jäger. In meinem eigenen Haus." –

Der Bauer seufzte.

„Er steht halt unter Druck..." (Ach, ja. Das Nette an Schuldge-fühlen ist doch, dass sie stets schön versöhnlich stimmen.) – „`Unter Druck´? Was meinst du denn mit `Unter Druck´? Denk doch mal nach! Wenn wieder was ... *ist* - - sobald im Wald was ... *Böses* ist, braucht d e r sich doch nur zu verziehen. Und *dich* zu holen!" sprach sie, und klang erst anklagend, und dann verzagt, „...Weil das Dorf zu bewachen nun mal kein *Jäger*ding ist..."

Der Opa ließ kurz ab von dem Knochen; anscheinend ver-suchte er, irgendwie mit der Oma zu knutschen, denn er berührte ihren Kopf mit der Stirn... Man konnte sehen, dass er das machte, um sie zum Schweigen zu bringen, aber den Fengur scheußelte es trotzdem. - Knutschen! Er verzog das Gesicht.

– Offensichtlich fand die Bäuerin diese Entwicklung ebenfalls doof, denn sie schob den Mann weg, um weiterzureden.

„Wenn du nur ein bisschen…" bemerkte sie.

...Der Opa guckte so vor sich hin – offenbar war ihm diese Bemerkung zu vage. Für den Fengur da oben sah es so aus, als höre er jetzt gar nicht mehr zu. ...Und damit hatte er recht; soeben versank der Bauer in seine ganz eignen Gedanken.

Seit er der Dorfwächter war, hatte er kaum noch an seinen Vater gedacht. An den Fremden mit dem komischen Namen –

An diesen Mann aus der *Anderen Welt*. Der, nach einem hilf-reichen Werwolfsbiss, durch das Portal gebracht worden war...

...Und später dann so versessen drauf war, aus seinem Sohn einen nützlichen Menschen zu machen. Ja, ja; ein Dorf, eine ganze andere *Welt*, in die jener Fremde dereinst geriet (was nicht sehr viel, aber alles war, was Bauer Bärenfänger darüber wusste). - „*Das sind hier G e r m a n e n, Junge. Und zwar richtige (...warum, weiß ich auch nicht! Ich meine, ich weiß nicht mal, wo ich hier b i n!)*" – Ja, manchmal hatte ihn der Vater beiseite genommen, und leise seltsame Sachen gesagt. Dinge, die niemand so richtig verstand ... und zwar ganz einfach deshalb, weil er nie was von dieser Anderen Welt da erzählte. „*Mach dich unentbehrlich, im Dorf. Sei nützlich (damit dir keiner was anhaben kann), sei ja z ä h w i e L e d e r...*" Ja, echt. Verrückte Ideen hatte der Mensch mitgebracht. Sein Gesicht fiel dem Bauern ein; es schüttelte ihn, als ihm die Angst in den Augen des Vaters einfiel – noch jetzt.

Nach fast sechzig Jahren.

- Der Junge da oben, der konnte das deutlich sehen; er staunte, dass sich der Opa schüttelte wie ein Hund, obwohl er doch grad im Menschenleib war...

Auch die kleine Bäuerin sah ihren Mann unglücklich an. Sie griff nach seinem Arm - zog die Hand aber wieder zurück, guckte, und stellte sich kopfschüttelnd wieder ans Fenster.

...Und Fengur staunte noch ein bisschen mehr. Wieso, dachte er, stehen sie da noch rum? Sehr offensichtlich ist ihnen dabei nicht wohl. Also, warum gehen sie nicht einfach schlafen?!

– Er hat ja nie was erzählt, dachte indessen der Bauer.

Vielleicht war das auch eine dieser *Welten des Bösen*, aus der mein Vater da kam? *Bei Odin, Gott, und allen Geistern...!* - Er war ein harter Mann, der Erinnerungen zu stoppen vermochte, bevor sie anfingen zu beißen. Aber diese war wirklich schlimm.

Lachhaft, dachte er plötzlich, ist dagegen alles, was es bei *uns* hier an Monstren gibt; lachhaft, lachhaft! - Und eine Lappalie.

„Ha," machte er, ohne das selbst mitzukriegen –

22

...Und seine kleine Frau zuckte zusammen.

Denn dass er nun solche sichtliche Angst vor den Ungeheuern da draußen zu haben schien, obwohl er doch bald wieder selber dorfwächtern musste, tat ihr wirklich weh.

Ja, ja.

Da kann man mal wieder sehen: Die kleine Bäuerin war eine sehr kluge Frau, aber von Relationen verstand sie nicht viel. Und bewusst verborgene Gedanken können nicht einmal Werwölfe lesen - -

Ein schiefes Lächeln wetterleuchtete nun über die Züge von Fengurs werwölfischem Großopapa. - Nein, dachte er, nein:

Der verdrehte Flüchtling aus der *Anderen Welt* war nun schon so lange tot.

Und er, sein Sohn, gab noch immer sein Bestes fürs Dorf.

Aber nur noch, weil es halt nötig war.

Und nicht mehr wegen bedenklich besessenen Vätern! - Er versuchte, das alles in Worte zu fassen. „Manchma wünschtich au, es wär anders, aber einer muss es ja machen -"

...Der bäuerliche Werwolf furchte die Stirn, erkannte selber, dass dies sein Gedankengebäude von eben nur sehr grob streifte, und fügte darum eine Ergänzung hinzu: „Guck dir doch nur diese ganzen neuen Ungeheuer da draußen ma an..."

...Sich sowas angucken?! Nein! Die kleine Bäuerin hatte das nicht wirklich vor. Und zwar, weil sie sich so manches nicht *noch* näher vorstellen wollte.

Ist halt nicht leicht, die Frau des Wächters zu sein –

„Wenn du nur ein bisschen mehr auf dich aufpassen würdest," flüsterte sie (grad noch so laut, dass auch Fengur es hörte).

– Der werwölfische Bauer indessen drehte mechanisch den Schädel des Wisents. Er fingerte selbstvergessen daran herum,

als plane er schon, gleich etwas Nettes daraus zu machen...
„Hörst du überhaupt zu?!" die Bäuerin wurde nun pissig.

„...Ich meine, irgendwann kommst du mal *gar nicht mehr* heim." – Er hob den Kopf, und sah sie an.

„Was soll ich da erst sagen? Meine *Tochter* ist da draußen." ...Ja, stimmt.

Auf einmal war es der horchende Fengur, der seine Stirn furchte... Und dann fing sein Herz an zu klopfen.

Allerdings aus ganz anderen Gründen als sonst.
So hatte er das noch gar nicht gesehen!

Jetzt allerdings sah er es so. – Und da hatte es der Tag endlich doch noch geschafft, aus einem furchtlosen kleinen Jungen einen von Furcht erfüllten zu machen.

...Ja, ja. Bisher hatte er immer hundertprozentig gewusst, dass ein Werwolf schier unbesiegbar war. Sozusagen das beste Lebewesen der ganzen Welt. Aber wenn schon der Opa als Wolf von einem Wildkalb als Fußmatte benutzt, und dann noch als Mensch vom Jäger geschimpft werden konnte - sodass er sich nun schütteln musste, statt wieder raus zu seinen Monstern zu gehen – was war dann mit dem *roten* Wolf, mit seiner Mutter?

Wenn der nun etwas oder jemand da draußen, sagen wir mal, den Kopf abbiss? *Wie es dem Wisentkalb geschehen war?*

Der Bauer unten fluchte, ganz leise. Etwas heiser, diesmal – und Fengurs Knie wurden weich, von diesem ihm neuen Gefühl.

Und er setzte sich hin.
...Stand auf – und ging einfach wieder ins Bett.

Romantische Gemüter, oder, sagen wir, romantische Gemüter mit einem gefährlichen Hang zum Verallgemeinern, die könnten vielleicht meinen, dass es Fengurs Vorfahren waren.

Ich meine, die in dem Augenblick dafür sorgten, dass ihm *dieses neue Gefühl* nicht so viel anhaben konnte –

Immerhin: Die einen hatten (zumindest hier, in der uns bekannteren Welt) den Römern persönlich etwas erzählt.

Und die anderen haben jahrtausendelang was überlebt, das nichts anderes war als Mobbing wie vom Teufel ersonnen - ...Aber Chatten hin, und Juden her!

Wir wissen es besser. Mensch ist bloß Mensch! Zumindest will ich hoffen, dass wir das wissen. Also, Fengur war halt einfach nur einer, der heimlich auf alten Werwölfen ritt, während andere erstmal das Laufen lernten. Und zudem war er ein Mann der Tat: Stets machte er, ohne groß Nachzudenken, was halt getan werden musste. Und dadurch, und sicher bloß dadurch, wurde er von solchen Sachen, die besagte andere meistens nur lähmten, erst richtig aktiv.

Drei
Fengur berichtet Tim von seinem Plan.
Unterwegs träumt er dann von Opas Geschichte, - und
***dann* macht er sich dran, einem Irrlicht Gestalt zu verleihen.**

Naja, nun, als es noch dunkel war, brach Fengur auf. Das heißt, er hüpfte so hin und her, holte die große Tasche, und dann stopfte er Kuchen, Trockenerbsen, seine Steine und eine Schüssel voll Würmer hinein. Und auch die Angel. Und eine Decke. - Na, lieber zwei. Anschließend dachte er an die Winterklamotten, ließ sie dann da, wo sie waren, rollte einen Schlafsack zusammen, vergaß ihn anschließend wieder, band eine mit irgendwas Komischem gefüllte Wasserflasche außen an die Tasche und ging raus, um Gandur zu suchen.

- `Ein Eispferd braucht keinen Stall´, das hatte man Jochen damals erzählt. Aus dem Grund trieb sich der kleine Hengst meist einfach so ´rum - und so war im Laufe der letzten sieben Jahre im Dorf eine überschaubare Zahl kleiner, weißlicher Pferde entstanden. Ja, eins hatte man sogar verzehrt, sodass Fengur heulte, als man das Silja erzählte, und er zufällig daneben stand. Er hatte sich aber relativ schnell davon erholt. – „Da bist du ja, blödes Vieh, weißt du denn nicht, dass ich dich gerade brauche? Steh mir bloß still! Komm her, jetzt, wir müssen los. *Weil keiner außer uns so ein Irrlicht herholen will!*"

**

Es roch schön, und die Schwarzamseln sangen. Als Fengur durchs Dorf ritt, stand einer seiner Mitschüler draußen am Zaun. „Tach." – „Tach! Was bist d u dann schon munter? Was machst d u denn schon hier?!"

Es war der Bürgermeisterssohn, der auf ihn sehr viel hielt; - besonders viel: Immerhin, Fengur war aus der Dorf-wächterfamilie, und zudem saß er häufig auf einem Pferd.

„Ach, nur ma so gucken," murmelte Tim... In Wirklichkeit konnte er einfach nicht pennen, denn mittags dräute eine Grammatikarbeit.

„Und, was machst *du*?" Das klang ehrfürchtig, und auch beklommen; großäugig starrte Tim zu Fengur hoch... Na, so hoch nun nicht; hätte er sich auf den Zaun drauf gesetzt, wäre er mit dem Bauernjungen auf einer Höhe gewesen.

Ja, nun. Aus Fengur entsprang ein verwegener Blick – das heißt, er kniff seine Augen zusammen - und dann weihte er den kleinen Kerl ganz einfach ein.

Wo ein Irrlicht ist, braucht man keine Wächter –
...Und zusätzlich, dachte Fengur und erwähnte das nicht, finden mich danach sicher alle recht toll.

Alle, halt. - Und nicht nur dieses Würstchen.

„Erzähle das keinem," befahl Fengur nach seiner Rede, und er blickte äußerst grimmig dabei...

– Gott...! Tim hätte sich lieber vierteilen lassen!

„Und *du* achte drauf," sprach der Werwolfssohn weiter, „...dass, solange ich weg bin und eines hole, auch meiner Mutter bloß nichts passiert." - - Mehrere Fliegen mit einer Klappe:

Zum einen zeigte er dieser kleinen Wurst Tim auf diese Art, dass er ihn durchaus für wichtig hielt.

So knüpfte man die haltbarsten Bande!

Und zum anderen beruhigte es ihn ja auch selbst:

Zwar wusste er, dass Tim gegen Grobzeug - oder gar gegen seltsames Gezücht - wohl keine sehr großen Chancen hatte.

Aber allein der Umstand, dass er so lostöltete [2], um nun ganz einfach selber das allerbeste Lebewesen der Welt zu sein, anstelle der offenbar doch etwas zerbrechlichen Werwölfe - und dass er so hier auf Gandur saß, während ihn dieser Tim hier anblickte - - und dass er nun auch noch solche Anweisungen geben konnte - das alles gab ihm insgesamt das sehr gute Gefühl, seine Lebenssituation unter Kontrolle zu haben.

„Machs gut," – „Machs gut,"

– *Das werde ich* ... Grammatikarbeit...! dachte Tim, der solcherart seine erste Lektion über Relationen erhielt; lachhaft, lachhaft! - Eine Lappalie.

**

Die Häuser und Hütten des kleinen Dörfchens lagen verstreut in der Sonne, die langsam, aber überaus sicher unter all diesen Nebel da kroch. Wunderschön! Finsterblaue Wolken taten stundenlang so, als wollten sie regnen, ließen es dann aber doch, Jochen brüllte, „Mein Pferd ist weg!", und in der Küche kriegten sich zwei Werwölfe bös in die Wolle.

---

[2] Der Tölt ist eine Gangart, die es nur bei Islandpferden gibt.

„Allein, da draußen," sagte der Bauer. Er versuchte, einen anklagenden Blick in Siljas Richtung zu unterdrücken. Dann merkte er das, ärgerte sich, weil er ja im Recht war, und füllte den Blick mit blankem Zorn. „Und er ist nichts als ein - *Kind* ..." – „Fang bloß nicht wieder damit an, Fatter (schon gar nicht jetzt). Hab ich denn vielleicht meinen Jochen verwandelt?!"[3] Silja kam in Fahrt: „...Oder du die *Mama?* Du weißt sehr gut, die wollen das nicht..." Sie starrte ebenso grimmig zurück; nein, ein erbaulicher Morgen war das gerade nicht, in anderen Körpern hätten sie sich vielleicht gebissen.

Fengurs Opa glotzte scheel; oha, wenn Silja das wüsste:
 Ja, die `Mama´. Die Oma – die Bäuerin, halt – seine ganz kleine Frau. Die hatte er längst schon...
 ...Und zwar Neujahr NullElf, als sie so furchtbar betrunken war. Er machte die Leute ja ganz gern mal betrunken. Nur war es diesmal kein Spaß! – Als sie beide alleine waren (im Ehebett, halt), da hatte er tief eingeatmet, und sich verwandelt. Und sie so lange mit der Nase geschubst, bis sie auf den Bauch gerollt war... Mit der Pfote das Nachthemd beiseite, und, Schnick, kurz in den Rücken geknafft – direkt zwischen die Schulterblätter. Merkt kein Mensch! Wenn man sowas geschickt anstellt -

Eins aber hatte sie sehr wohl gemerkt: Er hatte sie den ganzen Januar Zweitausendundelf an jedem Morgen nach ihren Träumen gefragt [4], und dabei sehr besorgt ausgesehen. - „Mach

---

[3] Weder Bauer Bärenfänger noch seine Tochter sind *geborene* Werwölfe. (Und weil sich das, was adlige Werwölfe frech `Falsches Werwolfsblut´ nennen, nicht vererbt, ist Fengur erstmal ein Mensch.)

[4] Nur ein Werwolf, der im Traum seine Bestimmung sieht, kann sich *bewusst* verwandeln, und dabei auch den Verstand behalten.

mich bloß nie wieder blau!" ...Ihre Worte, als sie es im Februar dann ganz genau wusste … naja, nun. - Der Rest war okay. – Aber, ach: Jener Silvester war lange vorbei; jetzt hatten sie diese von Fengur geschaffenen, ganz, ganz, *ganz* andren Probleme.

Jochens Werkstatt blieb an jenem Tag zu; der Inhaber war beim Frisör - um sich dessen Pferd auszuleihen. Und sein Schwiegervater vom Hof nebenan machte sich dran, auf Wolfsart zu Fuß loszugehen.

„Nun mach dich erstmal nackicht, hier," - die Bäuerin. „Sonst zerreißt du wieder die ganzen Sachen..." [5]

Fengurs Mutter indessen saß schweigend herum; sie bewegte sich nicht, und sah aus wie ein Stein.

„Ich bring ihn dir wieder," dachte der Wolf, als er mit Umwandeln fertig war. „Aber, was immer du tust," flüsterte die rote Wölfin, während sie sich an den graustruppigen Nacken ihres pelzohrigen Vaters dran hängte, „Was immer *ist*, denk an Phelan, wie der damals war. Und fang nicht an zu *hassen*." [6]

Später dann, bei ihrem Mann, war Silja weniger anhänglich. Warum? Ja, das wusste sie selber nicht. Nicht einmal ansehen konnte sie ihn: Es war fast, als mache ihr Jochens Anblick ohne den Fengur gar keinen Spaß. Außerdem hatte sie Mühe, nicht dran zu denken, was alles da draußen *war*... Ihr Vater sprach kaum davon, was er seit sieben Jahren des nachts so verscheuchte. Und auch sie selber hatte dort in den Wäldern, Auen und Sümpfen noch nie Angst gehabt. Denn als Dorfwäch-terin konnte sie so ziemlich alles vertreiben... *Indem sie die Schattengestalt wütender Werwölfe annahm.* - Aber ihr kleiner

---

[5] Viele Werwölfe werden beim Verwandeln sehr groß.

[6] Ein Werwolf, der hasst, wird zum Mensch.

Fengur, der jetzt allein draußen rumlief, der hatte keine Schattengestalt! Der war bloß ein schutzloses Kind.

Und diesen Gedanken konnte sie nicht ertragen.

Sie lächelte, wie stets, wenn sie was gar nicht aushalten konnte, und als Jochen das sah, verlor er zum ersten Mal in seinem Leben die Hoffnung. Da passierte es, dass auch er mal begann, sich einfach so zu verwandeln: Und zwar in ein dünnes, hohles Stück Glas, gefüllt mit Nichts. Und sein Herz schlug sinnlos gegen die Wände. Fast hoffte er, es ginge davon kaputt...

Oben und Unten hatten jede Bedeutung verloren, sodass er sich an der schwarzen Mähne der gelben Stute festhalten musste, und dabei stand sie noch regungslos da -

...Ja, ja, allen ging es sehr schlecht.

Vor allem, als man am nächsten Tag das tote Pferd fand.

Das lag so ungefähr ein Viertel Tagesritt weiter – unten, beim Bergsturz. Im Hangschuttwald. Übrigens war es nicht Gandur, sondern bloß einer von seinen missratenen Söhnen. Einer, den man einfach vergessen hatte... Kommt auf dem Land vor.

Zumindest auf der *Anderen Seite*.

Na, jedenfalls. Das Eispferd der halb werwölfischen Bauern- beziehungsweise Dorfwächterfamile, das hielt man fortan für tot... Und das war nicht so gut. Ich meine, dass ein weißes Pferdchen bei der Vermisstenbeschreibung von nun an fehlte, denn die Chancen, ein verlorenes Kind ohne ein auffälliges Reittier zu finden, liegen in jener Welt fast bei *Null*.

**

„Na, jedenfalls! Ganz viele Irrlichter haben wir dort gesehen..." *– „Aber Opa, wieso habt ihr denn damals nicht gleich eins gefangen? Wo ihr da nu schon ma wart!?" – „Liebe Zeit, Junge. D u kannst vielleicht fragen... Ich meine: Es hat halt keiner gewagt! - Weißt du, ein Irrlicht zu holen, ist an sich leicht.*

Denn wenn du ihm einen Namen gibst, kommt es <u>sofort</u> ganz einfach mit. Danach kannst du es einfach nach Hause schaffen. Und wenn du es dann noch aus seinem Leib heraus zwingst, dann sind alle Schrecken für immer gebannt. Denn: Kein Eindringling aus den Welten des Bösen kann in ein Land, wo ein gut gefüttertes Irrlicht im Boden sitzt. Eins, das schon einen Namen hatte! Es darf nur unterwegs (- hab ich das schon gesacht !?) auf keinen Fall wen berühren..."

"Und warum holt man j e t z t keins hier her? Ich meine: <u>Jetzt</u>? Wo wir eins b r a u c h e n?! Und, warum sind hier <u>überhaupt</u> noch die Schrecken, wenn es da oben schon Irrlichter g i b t?!"

"Hn (lass ma überlegen)... Das ist, das ist - weil, ein frisches Irrlicht ist unbrauchbar. Es braucht einen Namen, und Futter. Und eins zu rufen, und auch zu füttern, das hat (hörst du!?) noch keiner gewagt. Und darum gibt es überall noch die Schrecken. Glaubst du, dass ein Werwolf aus S p a ß Wächter ist !? Wär es dir lieber, dass ein M o n s t e r dich frisst ?!"

"Ach, Opa, quatsch! Das glaub ich jetzt nicht. Dass mich das frisst! Wenn so eins kommt, dann lauf ich halt weg. Und außerdem werden die sich gar nicht traun, so einen wie mich hier zu fressen - -"
    Ja, ja, ja, ja, das sollten die nur mal versuchen...!
Fengur lachte im Schlaf.
    Und dann fuhr er hoch wie ein alter Soldat.

Verdutzt blickte er sich dann um - „Großvater?!" Nee, Opa war gar nicht da, anscheinend hatte er bloß geträumt. Obwohl er doch gar kein Werwolf war – *noch* nicht... Aber Menschen träumen ja manchmal auch. Gandur grunzte, kam auf die

Hufe, und schüttelte sich. *Ach richtig*, dachte der kleine Junge: *Wir sind unterwegs!* -

Sein Herz schlug höher, als ihm sein großartiges Ziel einfiel: Hinauf, zum *Höchsten Berg der ganzen Welt!*

Der Morgenwind ließ ihn kurz schaudern –

Oh, ja. Sie staken zwischen vollständig moosüberwucherten Brocken, Marbelgräsern, jungen Ahornen, Eschen und Ulmen, sowie zahllosen, sich grad erst entrollenden Farnen … und eben dort hatte man einen Weg angelegt.

Na, nicht wirklich einen *Weg*. Eher eine Art Treppe, aber aus schier unmöglichen Stufen (die dort in *jeder* Welt wirklich seltsam aussehen). Die meisten anderen Pferde hätten an derartig steilen, steinigen Hängen wie diesem versagt, für Siljas Sohn jedoch war es ganz selbstverständlich, dass Gandur die Stufen unter die kleinen Hufe nahm; er kannte das gar nicht anders von dem. Abgesehen davon, dass Gandur das einzige Pferd war, das er persönlich kannte.

„Na, los. Schlaf nicht ein." Fengur lief vor dem Isländer her, und grunzte nun selber ein bisschen. Das ist der Nachteil von einem Berg: Man muss erstmal hoch.

Und hier gab es anscheinend sehr viele Berge.

Unvermittelt standen die zwei auf einem kleinen Plateau, das sie da nicht vermutet hatten, und Fengur sah von dort aus so plötzlich die ganze Welt, dass er nun doch einmal schluckte.

Er hatte nicht angenommen, dass sie so übertrieben groß angelegt war - allerdings war sie, wie er es schon immer geahnt hatte, nichts weiter als eine Ansammlung dicht bewaldeter Hügel. Hinter denen andere dicht bewaldete Hügel lagen - nur noch höher, und noch weiter entfernt.

Rundum ging das so! Egal, wohin man guckte! - - Unheimlich. Irgendwie. – Dazwischen gab´s grüne Täler, durch die schlängelten sich Gräben und Bäche, an denen sich die Weidenbäume gleich in Reihen ´rumtrieben ... und ganz in der Nähe des jungen Reiters tat eine Schlange aus schwarzgrauen Blöcken ganz so, als gäbe es hier Flüsse aus Felsen und Steinen.

Der Morgennebel zog in rauchgleichen Schwaden tief und auffallend schnell über den fernen Hügeln dahin, und Fengur wurde es ein bisschen anders. – Dieser Nebel wurde schnell dichter... Jetzt zog er sich schon wie ein Spinnennetz über die Wälder – aber das hatte mit dem Jungen ja gar nichts zu tun.

Der stand weit davon weg, und recht weit oben; - er hob eine Schulter, machte ein „Hn", und spazierte davon.

Später beruhigte sich die Landschaft wieder ein bisschen.

Fengur, der sich zwischendurch immer mal wieder verirrte, fluchte vergnügt vor sich hin. Die weißen Sterne der Anemonen, der Bärlauch^v und der bunte Lerchensporn blühten noch. Sie waren noch nicht diesen gelben Lippenblütlern gewichen, die irgendwie immer *billig* aussehen (und einem unter die Nase reiben, dass schon wieder ein Jahr halb rumgebracht ist)... Na, jedenfalls: Hier war es so richtig schön. – Und gerade deshalb fing Fengur an, lieber doch mal nach Opas Monstern zu gucken.

Er baute sich herausfordernd auf, und spähte drohend nach allen Seiten - - seufzte enttäuscht, und saß wieder auf.

Dazu benutzte er einen der recht runden Steine, die es jetzt plötzlich überall gab ... ja, ja. Man sah der Gegend an, dass sie nicht nett zu ihrem Pflanzenwuchs war: Knochenweiß blitzte Splintholz^{vi} aus abgebrochenen Wipfeln, um in der Sonne zu funkeln, die wenigen Birken hatten sich dick mit schmutzigem Moos angezogen, und fast alle Weiden wuchsen hier oben als rundliche Büsche. Einmal scheute der Gandur, weil es zu sehr nach Bärlauch roch. Und das mochte er nicht; besser war es,

statt dessen alles ... andre zu riechen - und zwar rechtzeitig...
Grobzeug, nicht wahr! Oder auch seltsames Gezücht! - Auch
das Kind merkte durch Gandurs Scheuen gleich wieder auf.

Von Neuem drang der Gedanke zu ihm hindurch, dass es ja
darum hier her gereist war - *weil es jetzt Dinge gibt, die selbst
die Wächter glatt überfordern*. Ja, stimmt:

Gäbe es all diese neuen Untiere nicht, hätte sich die Nötigkeit
des Herschaffens vom Irrlicht ja an sich erledigt...

– Harte Zeiten, harte Zeiten. Fengur schüttelte den Kopf,
vielleicht über die eigene Tapferkeit. Andererseits dachte er über
sowas nicht lange nach. Und überhaupt; wer glaubt schon an
harte Zeiten, auf den grad so nett die Sonne scheint?

„Mann," sagte er, weil er das für männlich hielt, „Hoffentlich
sind wir bald da."

Gandurs Hufschlag klang gedämpft auf dem grünlichen, mit
Moos, kurzen Gräsern und Heidelbeeren bewachsenen Weg.

Der sah so warm aus, in der Sonne. Aber sobald das Kind
abstieg, um nebenher zu laufen, war ihm, als wäre der Hügel
noch im April ein Berg aus Schnee, den man mit einem
klammen Teppich überzogen hatte.

Oder als sei er hohl, und innen mit eisigem Wasser gefüllt –
Fengur fluchte, und versuchte, am Wegrand von Büschel zu
Büschel zu springen. Das tote Gras wiederum fühlte sich an, als
würde er auf die weichen Köpfe von Moorleichen treten, und er
blieb stehen, weil sein herzliches Kichern ihn krümmte.

Leichen, Leichen! Ja, davon würde es auf seinem weiteren
Weg noch genügend geben. Er seufzte glücklich, und lehnte sich
an sein warmes Pferd.

Dann stieg er wieder auf, und wärmte die Füße knapp hinter
Gandurs Achseln. Das Eispferd schnaubte, als kitzele es das,
was Fengur aufs Neue zum Gackern brachte…

Er hatte eine etwas komische Lache. Irgendwie war sie etwas zu tief für einen Siebenjährigen (wie bei vielen Siebenjährigen), und ziemlich heiser. Wahrscheinlich würde er mal eine sehr schöne Stimme bekommen. Wenn mit ihm bis dahin nichts war. Eine einsame Fliege brummte um sie herum, sonst war es still - an den liegengebliebenen Buchenstämmen links und rechts von ihnen im Wald probierten Baumpilze diverse zylindrische Formen aus. Dabei sahen wie aus wie augenlose, aschgraue Frösche – ja, ja. Bereits zerfallene Stämme verrieten, was diese Dinger so vorhatten, mit dem ganzen Holz...

Der seltsame Untergrund schluckte fast jeden Schall, nur manchmal schlug einer von Gandurs Hufen gegen die Steine.
   Vereinzelt piepselten Goldhähnchen über ihnen herum. Aber wenn sich mal andere Vögel hören ließen, dann klang das, als wären sie sehr weit von Fengur weg – als hätten sie, ganz, ganz woanders, etwas vollkommen andres zu tun.
   Was auch der Fall war!
– Kein Windchen wehte. Das in Fetzen herabhängende, smaragdgrüne Moosfell der dicken, alten Holundersträucher leuchtete gespenstisch im Gegenlicht.
   Seltsames Licht; dieses Mittagslicht strahlte, als käme gleich etwas aus dem Staub und der Hitze und dem Erdgeruch raus – etwas Gestaltloses, das vorher noch viel gestaltloser war.
   Ein Wesen, vielleicht. Aus grünem Licht.
Duftend wie die Erde, leuchtend wie das Moos, gleichgültig wie Hagel… Der Weg veränderte sich. Nun klang es, als wäre der Berg innen hohl; jeder Tritt der kleinen Hufe hallte wie ein Gongschlag durch Gandur hindurch, und in Fengur hinein.
   Und der nahms als Anlass, schon wieder zu kichern. Er atmete tief, - und das Pferd machte das auch. Das taten sie meistens zusammen, kurz hintereinander... Trotzdem war Fengur zumute,

als fühle er sich etwas allein; fast hoffte er, hinter sich das Hecheln seiner verwandelten Mutter zu hören... Es kam aber kein Wolf, kein Sperling, kein Dachs oder sonst irgendein Tier, sie waren alleine, die zwei. Allein, mit ihrer einsamen Fliege.

Fengur seufzte, diesmal aus anderen Gründen...
Ja, man hat es nicht leicht. Die Wichtigkeit seines Vorhabens machte ihn jedoch über alle Zweifel erhaben; er beschloss, ein bisschen zu singen. – Und das tat er dann auch.

Und dabei verirrten sie sich einmal mehr.

**

Zugegeben, etwas kwutschig war es da schon, wo Fengur dann am Abend lang ging. Er schüttelte sich vor Lachen über die schwärzliche Mätsche zwischen den Zehen, aber, trotzdem: Die Gegend war weit davon entfernt, ein Moor oder irgendsowas zu sein. - Außer in der Fantasie des Bärenfängers.

Wie denn auch? Hier, so ganz weit oben? Auf dem höchsten Berg der ganzen Welt? Der sehr weit davon entfernt war, genau das zu sein. - Außer in der Fantasie mancher Nordhessen.

Das letzte Tageslicht ließ die Pfützen funkeln. Trotzdem, eigentlich war das bloß eine Wiese… In einem *besseren* Frühjahr, überlegte Fengur, wäre es hier ganz sicher trocken. - Wo soll da ein *Irrlicht* sein?! Sogar zu Hause beim Dorf haben wir viel bessere Sümpfe. Oh, Mann. Was hat da der Opa erzählt…?!

Nicht einmal Blutegel gibt´s hier! dachte er traurig - - eine entsetzliche Enttäuschung. Und auf einmal löste sich der regenbogenfarbene Schein.

Der regenbogenfarbene Schein des Funkelns auf den vom letzten Tageslicht beschienenen Pfützen machte sich ganz einfach selbstständig. - Ungewöhnlich!

Das Kind beguckte das irisierende Leuchten, das plötzlich auch noch komische Sachen mit seinem Spiegelbild tat.

So nach und nach benahm es sich wie - wie eine Seifenblase, zum Beispiel. Oder wie ein Ölfleck im Wasser, auf dem nassen Asphalt.

Und beides hatte Fengur noch niemals gesehen.

„Heh," flüsterte er, und zwinkerte. – Es war noch da.

Körperlos buntes Wabern antwortete ihm … sodass er kurz überlegte, ob man sich vielleicht doch fürchten sollte. Aber solange so ein Eispferd weder wegläuft oder scheut, ist im Allgemeinen nichts zu befürchten - nein, Gandur stellte sogar die Ohren nach vorn, und Fengur riss sich zusammen.

– So. Wunderhübsch, und, wie gesagt, bunt.

Ganz toll, ja, ja! - „Ist das alles?!" Die Sonne versank.

Das Leuchten blieb...

Wie gesagt, leicht zu beeindrucken war er nun gerade nicht. Da hätte das Irrlicht (falls es eins war) schon Funken sprühen oder mit Schweinehälften werfen müssen, oder dergleichen. Aber es machte nicht einmal Anstalten, irgendwas von ihm zu fressen. Es hing nur da, und lichterte; eher langweilig, als unheimlich, und um Fengur rum wurde es dunkel.

Aber der dachte nun, statt beeindruckt zu sein, angestrengt nach – schließlich war er nicht zum Spaß unterwegs.

Das Irrlicht rufen, schön, schön...

Ach, Mann! Ihm fielen einfach keine Mädchennamen ein.

Hätte man sich ja vorher schon mal überlegen können. - - Ja. Wie wäre es mit einem Jungennamen?!

– Und da rief es Fengur mit dem Namen der Katze.

**

37

Weit, weit weg von jener Gegend, zu Hause in Fengurs Dorf -
und zwar in der Wirtschaft... Wie, Sie werden doch wohl
hoffentlich wissen, dass eine *Wirtschaft* dasselbe wie eine
Kneipe ist!

Na, jedenfalls! Genau *da* wurde der Fortgang des Jungen am
selben Abend sehr gründlich besprochen.

– „Nein," meinte der Jagdpächter mit der gebrochenen Nase,
„Sowas hat keiner verdient." Er meinte das auch; andererseits
war er nicht unglücklich drüber, dass eine so dramatische Sache
wie der verschwundene Fengur grad rechtzeitig kam, um vom
Zustand seines Gesichts abzulenken. Und von der Tatsache,
dass alle die werwölfisch/bäuerliche Ursache kannten - - kann
ihm auch keiner verdenken!

Immerhin, etwas elend zumut wegen dem Kind war auch ihm.

„Ja," meinte er dann - zum Reden verführt von der plötzlichen
Stille, da um ihn ´rum – „...Jochen hat´s schon nicht leicht -"
Irgendwie warf er diese Worte sowohl seinem Gegenüber als
auch diesem allgemeinen Schweigen da hin; das war eine zu
gute Gelegenheit, ein bisschen Stimmung zu machen...

„Hn, wie gesagt: Leicht hat ders nicht, mit dem beschtussten[7]
Alten als Schwiegervater bei sich zu Hause, und jetzt auch
noch..." ...Ja, das hatte er einfach nicht wieder runterschlucken
können. Ist so, manchmal... Aber mit sich so dermaßen verdun-
kelnden Mienen um sich herum hatte der Jagdpächter wohl nicht
gerechnet. – Augenblicklich fielen ihm mehrere Leute ins Wort.

Und das nicht etwa einfach nur so: Nein, es war, als wollten sie
alle zusammen beweisen, dass Männer genauso gut keifen

---

[7] Stuss : Unsinn. – Bestusst: wunderlich.

können wie Frauen... Verschiedene Hinweise, dass der *Alte* weder alt noch beschtusst (und außerdem an sich recht nützlich) war, flogen dem Jäger um seine Ohren – und einer mit einem *völlig* schrillen Organ kreischte sogar, dass der der bäuerliche Werwolfsdorfwächter ganz recht gehabt hatte, dem Jagdpächter eine zu schallern. Tja, die kleine Bäuerin war bereits morgens ein Springquell interessanter Berichte gewesen - -

„*Einfach beiseite geschubst! In meinem eigenen Haus!!*" Immerhin, ein Einkaufsladen funktioniert ähnlich wie eine Wirtschaft, wird aber früher am Tag frequentiert.

„Geht´s dann jetzt endlich ma, hier,"[8] meldete sich dann eine eher tiefe Stimme, die aber genauso durchdringend war.

Und die Männer wurden ganz still. – „Guck uns doch ma an!" rief der Bürgermeister, „Wer will das dann machen !? Mit dissen ganzen neuen Monstern, oben im Wald (und erst ma do hinnen, bie unsern *Sümpfen*). Willst *d u* da auf allen Vieren rumschleichen, und uffpassen, dass da - dass da - nix - - *kommt?!?*" ...Klar, dass da der Jäger betreten schwieg.

Heiterkeit kam nun auf; ja, unter Umständen können das auch wir Nordhessen. Heiter sein, meine ich. In beiden Welten, wollte ich sagen, und auf alle Fälle lachte man jetzt. Und das gibt es nun doch nicht so oft! Dass in einer Wirtschaft alle, so wie sie sind, zur selben Zeit über dasselbe lachen.

Der Anlass zu solcher Ausgelassenheit indessen glotzte sehr scheel, und fiel auch ein bisschen in sich zusammen –

„Kannst dich ja nächstes ma *beißen* lassen, dann wirste au so einer wie der!" – Ja, nun. Der war an sich gar nicht so schlecht. Und so wurde das Gelächter noch lauter... Nur einer lachte nicht, der saß dem Revierpächter grad gegenüber. „An deiner

---

[8] `Könntet ihr euch bitte beruhigen.´

Stelle," meinte er, „Wär ich sowieso ma *ganz* vorsichtich hier mit so Tönen." - Diese Bemerkung kam in der Tat leise. Sozusagen nur in sein Ohr. Und sie hieß so viel wie: *Der vorige Pächter hat die Viecher wenigstens richtig getroffen, zu schade, dass der sich dann dotsaufen musste, der blöde Hund...*

– Ja, ja. Und die Augen des Jägers veränderten sich…
Aber da drauf achtete keiner. Denn zur Zeit lenkte die übel beklopfte Nase überaus gründlich von seinen Glotzaugen ab.

**

Weit, weit weg von jener Wirtschaft ergaben sich nun ganz seltsame Dinge: Vor Fengur stand ein - *sehr* hübscher Kerl.

Allerdings wirkte der etwas müde. Mager, müde, ausgepumpt - um genau zu sein! Über die Stirn und auf die Schultern hingen fast schwarze Strähnen, die nass waren, und trotzdem nicht glänzten, und er hielt sich, wie völlig erschöpft, an einem Holunderast fest. Endlich, endlich hob er den Kopf (sehr langsam), und sah Fengur an.

Der erschrak vor dem stumpfen Blick…

Die Schatten unter den rauchgrauen Augen waren ganz und gar wie grausige Gruben, und sie zogen den Blick auf sich (sodass gar nicht auffiel, wie perfekt angelegt die Gesichtszüge waren... Übrigens genauso perfekt wie der ganze Rest).

Ja, es verhielt sich damit so ähnlich wie mit des Jägers lädierter Nase: Vor lauter Augenringen sah Fengur nicht, dass der Kerl da so ähnliche Glotzdinger hatte wie sein Vater Jochen – die allerdings in leicht schrägen Gucklöchern staken...

...Genau wie bei Fengurs Großopapa. - Na, wie auch immer.
Der Mann versuchte, ein paar Schritte zu machen; unsicher taumelte er ein Stückchen voran, griff sich einen anderen Ast,

und brach fast in die Knie. Verständnislos, aber ohne großes Interesse schaute er sich dann um - hustete, würgte plötzlich, erbrach einen Schwall sumpfiges Wasser, und einen Moment lang hätte sich Fengur ganz gerne versteckt.

Allerdings war nichts Geeignetes da. – So als Deckung.
Da guckte ihn das Irrlicht (...denn dass *der da* eins war, wer wollte das noch bezweifeln?!) auch schon wieder an. Und diese Augen unter den rußschwarzen Brauen funkelten nun, um wie Diamanten aus Rauch auszusehen... Ja, was?! Das hab ich mal über die Frontlichter von so einem Amerikanischen Auto gelesen. Was dagegen, dass mir das passend erschien?!

Der auf solch seltsame Weise erschienene, mit dem Namen der Katze gerufene Fremde richtete sich ein wenig auf.

Er sah hungrig aus ... und dem Kind hatte es nun doch mal die Sprache verschlagen. Dass es geklappt hatte, *war* unheimlich.

Allerdings, und das hätte jeder zugeben müssen, konnte es kaum etwas geben, was weniger bedrohlich wirkte als dieses *Magische Ding* - das konnte ja nicht mal richtig stehen. Fengurs Blick wanderte nun am Irrlicht hoch...

Er guckte ihm ins Gesicht, wobei er nicht wahrnam, dass es nicht anders aussah wie er selber in zwanzig Jahren.

Ja, das muss man allerdings sagen:
Selbst wenn das mit den zwanzig Jahren nicht gewesen wär, er hätte nicht mal seinen Zwilling erkannt, denn um Spiegel machte er meist einen Bogen. Er war oft voller Schmutz - und was man nicht sieht, muss man nicht entfernen...

„Sieh mal," rief er plötzlich. „Du hast fast die selbe Hose an so wie ich." Nur größer, halt, und auch ohne Flicken. - Der Kerl da trug auch das selbe Hemd wie das Kind. Das fiel nur nicht auf,

weil dem Fengur seins ja immer so absolut dreckig war –
„Hallo,“ fügte der Junge hinzu.

„Hallo,“ flüsterte das Irrlicht zurück. Und es wäre beinahe gestürzt, denn der Ast gab plötzlich nach - der stellt sich aber auch an, dachte Fengur, als würde er zum ersten Mal gehen.

Er wurde von untypischer Selbstlosigkeit übermannt und beschloss, seinen Findling beim Aufbruch ganz einfach reiten zu lassen (denn, allzu lange wollte er hier nicht mehr bleiben). Ja, dieses Irrlicht wirkte so schwach... Der Junge hatte das sichere Gefühl, dass es etwas gab, was es aufpumpen könnte – ähnlich wie eine Schweinsblase.
- Das hatte er schonmal gemacht.
„Kann ich ... irgendwas für dich tun?“ Die Stimme des Kindes klang auf einmal seltsam und klein. Und der Mann (ich meine, das Irrlicht) richtete sich ein wenig auf...
Und diese rauchigen Augen begannen, noch mehr zu funkeln.

„Wie meinst du das?“ fragte es, mit deutlich stärkerer Stimme, „Was hast du!? Fühlst du dich nicht gut?“ – „Ach, mir fehlt nichts,“ sprach der kleine Junge, „Aber *du* tust mir irgendwie leid.“ – „Was sagst du da? Was meinst du? Erzähl.“
Ja, der Fengur... Was erzählen, das konnte er! Kleinigkeit.
- Allerdings über sowas eher nicht.
Also runzelte er wieder mal seine sehr kleine Stirn, und verzog auch den Rest vom Gesicht.
Dabei kratzte er sich, legte den Finger an seinen Mund, nahm ihn rein und kaute darauf herum, blickte verzagt, machte eine vage Geste mit beiden Armen, die an Enten denken ließ, hob die Schultern, brummte, guckte in die Luft, ließ seine Guckrichtung wieder auf die durchdringenden Augen des Irrlichts zu wandern, wobei er vollends bekümmert aussah, und – schwieg.

Ja, Fengurs Schwäche war, das er sich nichts ausdenken konnte, was er *nicht selber kannte*. Und die Stimmung, die jetzt in ihm aufkam, war so frisch, und so neu, und so klein –

Sozusagen ein bleicher Sämling von einem Gefühl...
Wie eine ganz junge Buche - nur ohne deren dunkelgrünen Kragen - - wo war ich... Na, jedenfalls:

Sowas wie Mitleid hätte Fengur nicht mal beschreiben können, wenn es ums Leben gegangen wär.

Zum Glück hatte er aber in den sieben Jahren seines von unzähligen Höhen, Tiefen und plötzlichen Wendungen erfüllten Daseins schon so viel erlebt, dass dieser beklagenswerte Mangel an Fantasie den meisten Leuten nicht auffiel -

Aber, dem hier offenbar schon.

Der Mann mit dem Namen der Katze guckte ihn missbilligend an – und da wurde der Junge bockig, und knurrte. Jetzt fing der *so* an! Dabei wäre er ihm *beinah* sympathisch geworden. Aber nun war Fengurs Eitelkeit angekratzt, und da hatte das Irrlicht verschissen. – Eine traurige Tatsache, die es jedoch ignorierte; es machte ein `Hn´, und blickte sich, etwas munterer, um.

„Lass uns," sprach es, „halt einfach zu Menschen hingehen,"

...Ja, ja! Eine tiefsinnige Aussage für etwas, was man gerade in einem Sumpf gefunden hat. Blöd war der Junge nun nicht, der Satz machte ihn in der Tat stutzig. Fengur dachte an die Geschichte vom Opa… Immerhin träumte er häufig davon.

Und darum wusste er sogar noch Details. Wie war das? *Anfassen* darf es unterwegs keinen? - Der Junge fuhr zusammen, als er sah, dass der Mann mit dem Namen der Katze das weiße Pferdchen berührte. – „*Nein!*" schrie er... Gandur fiel jedoch weder ohnmächtig um, noch wurde er blöd im Kopf oder irre. Und Fengur atmete auf. Flugs nahm er das Magische Ding an

43

seine Hand – mochte das auch verschissen haben: Schließlich war er hierher gekommen, um es auch mitzunehmen -

   Und das war es auch, was er dann tat.

**

Als es vollkommen finster war, kamen die beiden zum Rand eines Ackers. Sie banden Gandur irgendwo fest, und beschlossen, zu übernachten. Da, so am Rand. Wie gesagt.

   Fengur weinte ein bisschen...

...Das hatte mit Furchtlosigkeit und allem gar nichts zu tun, das war halt so seine Art. Er wehrte die tröstende Hand des Irrlichts barsch ab, denn, wie gesagt, das hatte bei ihm verschissen.

   Es war ihm halt nur ein bisschen kalt. Auch an zu Hause musste er etwas denken - und überhaupt!

   – Und schon schlief er ein.

Vier

Das Geheimnis der Bäuerin wird gelüftet, und Fengur lernt den Kartoffelgraf kennen.

Und kaum waren die zwei Frauen zu Hause allein, ging alles drunter und drüber. Schon am nächsten Morgen bekam die kleine Bäuerin einen ziemlichen Schreck: Als sie grad in die Küche kam, und ihre Tochter Silja so sah!

   „Was ist *das* jetzt?!“ – „Ich hab mir die Pfote geklemmt.“ „Wie jetzt! Grad eben?“ – „Nein, Mutter, ich meine, die *Pfote*. Heut nacht.“ – „Oh, nein. Du musst doch – wir wollten ...“ – „Bin abgerutscht, als ich da so wo raufklettern wollte, wo ich mein Kind gesucht hab. Und dann hab ich zwischen zwei Steinen gesteckt. Ich sag dir, wenn da ein Bär gekommen wär,

44

wärs das gewesen. Aber dann kam der Kumpel vom Fengur vorbei. Der Kleine, vom Bürgermeister." – „Wie jetzt. Der Tim? Was will der nachts im Wald?" – „Ach, keine Ahnung, so sind halt Kinder. Na jedenfalls. Der hat mit dem Ast den Stein weg gehebelt, und ist schnell ins Dorf. Da hat er so'n Kleid von seiner Mutter geholt..." – „Von dieser Matrone[viii]?!" –„Ja, echt. Aber ich hatte keine Lust, auf drei Beinen hinter ihm herzugehn. Und es hat uns ja keiner gesehen." – „Na, dann gehts ja. Ist es denn schlimm?" – „Der Dokter sacht, das ist eine Zerrung, kann dauern, bis ich wieder auf der Hand laufen kann."

– „Kind, das halbe Dorf hat noch was bei uns gut, die werden den Hof hier schon schmeißen. Und die Werkstatt auch. Du gehst noch heute durch das Portal [9] , und holst deine Schwester. (Und ihren Mann! Der kann auch mal was tun)..." –

„Aber, der Fengur! Wer sucht hier so lange mein Kind?!" – „Ach, meine Tochter, sei unbesorgt. *Das* mach ich. -"

Die Bäuerin knöpfte die Bluse auf, stieg flugs aus dem Rock, und im nächsten Moment wurde Silja von einer ganz kleinen Wölfin umsprungen -

„*Der F a t t e r! Ich g l a u b s nit! Ich bringe ihn u m...*"
...Überraschung! Ja. – *Die* war gelungen.

**

Als das Kind von der Lerche geweckt wurde, hatte sich der morgendliche Dunst schon verzogen. Man konnte sehen, dass auch dieser Tag warm und sehr schön zu werden versprach. Sicher wären das Irrlicht und Fengur schon früher erwacht, aber sie waren von der Kälte als[viii] wieder munter geworden, und somit noch ziemlich müde. Und so lernte der Junge, was jeder

---

[9] Nur Werwölfe können die geheimen Portale benutzen, durch die man von Welt zu Welt kommen kann.

weiß, der öfters mal im Freien schläft: Lerchen suchen sich schlafende Menschen, um über ihnen zu kreisen - und dabei sondern sie, in böswilligster Absicht, stets all ihr Getöse ab.

Fengur war noch verfroren von einer Nacht mit nur einer Decke; er schlotterte, und verfluchte die Lerche. Dann schlug er die Augen auf – um direkt neben sich im nassen Gras die fast beängstigend kräftige Flosse eines wahrscheinlich recht großen Mannes zu sehen.

Und die war so dunkel, wie er das noch niemals gesehen hatte.

Braun war die … wie eine Kastanie! Oder eher noch dunkler. Und ein gutes Stückchen daneben stand noch eine zweite - Fengur guckte: „Ein *Klingone!*" flüsterte er.

Ja, was?! Wäre es Ihnen lieber gewesen, er hätte den Kerl für einen Riesen gehalten? Das Kind machte sich ganz langsam hoch, um gespannt in das dazugehörige Antlitz zu blicken, wurde aber erstmal von der Sonne geblendet.

„Jou Mann, was geht?"

...was grad gar nicht so lustig klang, wie sich das vielleicht liest.

Und auch nicht so, als wollte der Fremde das wirklich wissen. Eine tiefe, sehr nachdenkliche Stimme von recht weit oben… Vor Fengur und dem noch schlafenden Irrlicht stand ein ungefähr vierzigjähriger Mann. Ein hochgewachsener Kerl, mit leichtem Hang zur Dickleibigkeit –

Und dieser Hang trug noch dazu bei, dass er nicht aussah wie einer, mit dem man sich unbedingt anlegen will. - Die Haare des beeindruckenden Fremden waren so ungefähr schulterlang, wie sich das gehörte. Allerdings trug er sie zu vielen, winzigen Zöpfen geflochten. Und dadurch entblößten sie eine fast schwarze Stirn ... die übrigens wirklich deutliche Furchen aufwies, denn der dunkle Riese blickte eher grimmig.

Ja, der possierliche Hip-Hopper von damals war fast völlig verschwunden, Sarinas Stiefeltern aus unserer Welt hätten ihren einstigen Austauschschüler nicht mehr erkannt.

Benjamin Wiggum, das war sein Name...
Aber noch besser war er mittlerweile bekannt als der Mann, der auf der Anderen Seite die Kartoffel eingeführt hat –

Ein geborener Werwolf, übrigens. Und zwar einer, dem man als Kind in den USA genug Märchen vorgelesen hatte, um ihn neugierig auf Nordhessen im Allgemeinen, und auf dessen *Andere Seite* im Besondren zu machen.

Inzwischen war er allerdings nicht mehr niedlich. Und, süß – so wurde er ebenfalls nicht mehr genannt...[ix]

Seit fast zwei Jahrzehnten war er der Schwarze Graf.
Na, was heißt schwarz!

Wie gesagt, er war eher dunkel braun. Und der Herzog des Landes, der hatte ihn, vor knapp zwanzig Jahren, zum Herrn und Beschützer von Velmeden ernannt, und das nicht nur wegen der Einführung des nützlichen, neuen Gemüses. –

Benni ließ sich erst einmal Zeit.

`Klingone´`, dachte er, ohne zu lächeln... Dieses Kind da, das hat schonmal ferngesehen. – *Also kommt es von d o r t*, überlegte er, den falschen Schluss ziehend, weiter...

Und das, dachte der kastanienfarbene Mann (- ohne zu ahnen, wie sehr er sich irrte -) das bedeutet wohl, dass es ein kleines Werwölfchen ist.

...Und dieser andere Kerl? grübelte er, der da noch rumliegt und pennt? Wie ein adliger Werwolf sieht der nicht aus, und verwilderte Werwölfe gibt es hier nicht (es sei denn, jemand hat wen gebissen, was selbstverständlich fast nie passiert). Aber *sollten* die beiden aus jener Andren Welt kommen – dann - -

müssen es zwei Werwölfe sein. *Sonst könnten sie ja nicht durchs Portal…*

…Bei all dem dachte der Schwarze Graf gar nicht dran, dass auch er selber von dorten stammte.

Ich meine, wirklich! Er musste auf so viele Leute aufpassen, so viele Dämonen zerfetzen, so viele Kartoffeln züchten!

Wer hat da noch Zeit, sich zu erinnern?!

Nein, er dachte kaum noch an den schwarzen Jungen, der Ende der Neunziger auf der *Anderen Seite* aus der Kasseler Markthalle kam. Mit einer Tüte lustig bunter Kartoffeln –

Diese Idee kriegte, und unsere Welt ganz einfach verließ.

Ein Spontaner Impuls, wie man in den Neunzigern sagte, allerdings einer mit weit reichenden Folgen.

Einmal noch kam er zu uns hier zurück, aber nur, um sich ein Buch zu besorgen … ein Kartoffelbuch (sowas gibt´s). Und seitdem züchtete er schon fast wie ein Schotte (und auch ähnlich seltsames Zeug[10]), wusste, was gegen die Krautfäule hilft, und kannte auch tolle Rezepte. Durch all das hatte er sich unentbehrlich gemacht, und zwar so unentbehrlich, dass er nach der Sache mit diesem Buch nie wieder zurückkam...

...Zu uns.

Benjamin Wiggum, Ex - Austauschschüler und Schwarzer Graf, spannte ein paar massige Muskeln. Dazu fletschte er auch noch die Zähne... Und dadurch sah er beinahe so aus, als würde er sich gleich verwandeln. In einen Bären, zum Beispiel!

Oder, besser – in einen Löwen…

---

[10] Heutzutage (also, auf unserer Seite der Welt,) tut man sich besonders in Schottland beim Züchten von Kartoffeln hervor.

...Aber nein, was für ein Unsinn, verwandelt war er nichts weiter als ein grauer Wolf.

– Ist so, bei Werwölfen.

Was geht ab, Mann?! dachte der Ex-Amerikaner, direkt in den Kopf des Schlafenden rein[11], und kickte ihm gegen die Rippen.

Das Irrlicht erwachte mit einem Schlag. – Zwei Lider, die sich hoben. Zwei schwarz umrandete, rauchgraue Iriden[12] richteten sich unverwandt auf die zwei dunklen...

...Was für ein Jungchen, dachte der Benni.

Er behielt die finstere Miene jedoch erst einmal bei - nein, nein: Nicht der Instinkt seiner an seltsame Dinge glaubenden Ahnen. Eher der eines Jungen, der in New York aufgewachsen ist...

Auf *unserer Seite*, meine ich jetzt – ist ja jetzt auch egal; Fakt ist, auf alle Fälle war ihm der Kerl da *nicht koscher*.

Und darum guckte der Benni jetzt fast so unfreundlich wie Fengurs Opa. - Er blähte aber auch noch die Nase dabei.

Und Fengur fing an, vor Ehrfurcht total zu erstarren.

„Jou, - " sagte der Schwarze Graf ... sehr leise, und an das Irrlicht gewandt: „Wer hat denn so was wie *dich* angeklickt?"

Das Irrlicht hielt seinen Blick ... aber Fengur antwortete an seiner Stelle: „Ich bin völlig furchtlos!" berichtete er –

Ja, mit den Ansprüchen eines Klingonen war er vertraut!

Er war, wie erwähnt, sehr gebildet.

Krass, dachte darauf der Schwarze. *Wenn der Kerl der Vater ist (und was soll der - so, wie er aussieht - sonst sein)*: *Ziemlich*

---

[11] Werwölfe verständigen sich auch durch Gedanken, und dabei ist es völlig egal, ob sie grad Wölfe oder im Menschenleib sind.

[12] Jener Teil des menschlichen Sehorgans, der die Augenfarbe bestimmt

Fragwürdiges bringt der dem bei... Der vermeintliche Klingone wandte sich also ab von dem vermeintlichen Menschen. Er ging in die Knie, um sich stattdessen dem Kind zuzuwenden - hatte jenes halb unbewusste Bedürfnis vieler besonnener Laien, hier grad mal eine pädagogische Korrektur vornehmen zu müssen.

„Das ist doch ganz uberhaupt gar nicht wischtig," sagte er also.
   „Ja, gut..." Fengur, flexibel wie immer, lenkte bereitwillig ein. Er beschloss aber, sich hier (immerhin, direkt an einer klingonischen Quelle,) im selben Atemzug neu zu informieren:
   „Aber was ist denn *dann* wichtig ?!"
Zum ersten Mal zeigte Benni ein ganz nettes Grinsen.
   „Also," meinte er. „Am allowischtigstn sind mal Kartoffeln. Aber, nicht irgedwesche Kartoffeln. Und du kannst sie auch nicht einfach so in die Erde ruainstecken, hier..."
   ...Und so lernte der bereits furchtlose Bauernenkel unterwegs auch noch was über Kartoffeln.

Ja, ja. Genau so hatte sich Fengur, nach Sarinas Berichten, ein Klingonisches Gut vorgestellt. Bennis Amerikanischer Traum hatte sich auf der Anderen Seite erfüllt: Äcker, auf denen die Felder des Bärenfängers gleich dutzendfach Platz gefunden hätten - ein Haus, in das die ganze Bärenfängerhütte ein paar mal passte... Natürlich hatte er auch einen Trecker, und alles. Es gab sogar eine Dampfmaschine, und zwar eine für Benni allein – etwas, das zu Hause dem ganzen Dorf zusammen gehörte (und eigentlich auch dem danebn) – oh, ja! - Das war schon toll. ...Und dann frühstückten sie, bis zur Mittagsstunde. Ich meine, in einem anderen Land wäre es ein unbehagliches Schweigen gewesen: Erfüllt von Überlegungen, wie man den Gegenüber am besten ausfragen könnte… In Nordhessen aber eher nicht.
   Egal, auf welcher Welt!

- *Was man nicht weiß, macht einen nicht* – „Ich meine, was wollt ihr denn hier?" fragte der Benni – ganz plötzlich.

Und an sowas merkte man´s doch -

...Dass er eigentlich nicht aus der Gegend stammte.

„Wir sind einfach nur mal verreist," meinte der Junge. - Und, das Irrlicht: „Mich interessieren die Menschen."

Es hatte bis dahin noch gar nicht geredet, und Benni hätte sich fast verschluckt. „Hier sind," raunte es, „Irgendwie nicht genug (finden sie nicht?!). Aber, auf dieser *Anderen* Seite, da soll es doch sehr große Städte geben. Mit viel mehr Menschen, - darin..." Der Mann mit dem Namen der Katze beugte sich etwas vor. „Ich meine: Sie kennen doch bestimmt ein - *Portal*...?" -

So, so, dachte Benni. *So weit wollt ihr also verreisen ?!* Aber, na ja, der Schwarze Graf konnte bockig sein wie ein New Yorker Junge, den man über seine Kumpels aushorchen will –

„Hör mal zu, du," begann er also, während er mit einem kastanienfarbenen Finger auf den suspekten Fremden wies.

„Ich bin nur ein *tupissen Hessischen Kartoffelbauer*, und deine *Gateway* geht doch nur für diese Wolfen. Was willst du also wissen, frag ich dich hier, von - *mir?!* Über dies geheime *Tor?!*"

„Ist es denn deins?" fragte der Mann mit dem Namen der Katze, erhob sich, und duzte jetzt auch.

- Bennis Augen wurden von seinem Grinsen nicht mehr erreicht. Auch cr stand nun auf, wobei man sah, dass er das Irrlicht noch überragte. Er ballte eine große und sehr dunkle Faust – ob er ihn wohl jetzt haut ?! fragte sich Fengur, und biss sich auf die Lippe, - ach, ja; ach, - das hoffte er so – ach, das wäre toll.

Leider hatte der Benni das gar nicht vor - - aber zu Fengurs Glück passierte was anderes sehr Interessantes. Da kam nämlich was. Draußen, vom Wald. Ein Wolf! Am helllichten Tag! Na,

51

was heißt, `Wolf´; Äste krachten, Hühner gackerten, und eine ganze *Meute* heulte, grollte und jaulte laut durcheinander.

Da kamen sie schon: Junge, starke, *riesige* Tiere...

Ein rötlich brauner, der im Laufen immer wieder gegen einen hellgrauen stieß – absichtlich, natürlich; er grinste, indem er die Lefzen zurückzog, und der andere schnappte nach seiner Schulter. Ein schwarzer prallte gegen einen zweiten hell grauen, und wurde dafür in den Schenkel gezwickt, und dann kamen noch ein paar graubraune Tiere, die wie Pferde austraten, und mit den Zähnen Pelze zerrauften - Gedöns, Tumult, und dazwischen blitzten schneeweiße Zähne, und hellgelbe Augen ... ja, die Glotzorgane von Benjamin Wiggums zahlreichen Sprösslingen waren schon lang nicht mehr blau[13].

Nein, die waren nicht so gerne in ihren Menschenleibern... Und nicht so oft. - Ja, nun. – Ist so, in dem Alter.

Fengur lief zum Fenster: Zwischen all diesen Tieren ließ sich eine ungemein blonde Frau ausmachen. Sie trug ein weißes Kleid, und lief ganz selbstverständlich inmitten der Meute. Im gleißenden Vormittagslicht, das vom Wald her smaragdgrün durchschimmert wurde, war das alles ein unwirkliches Bild.

Bennis Frau (denn genau diese war das) stupste einen gefesselten Mann vor sich her, bellte Befehle, und alle paar Schritte stieß sie eins ihrer pelzigen Kinder grob von sich weg - was soll man sagen!

Die Nacht der Werwölfe war lang gewesen, und trotzdem waren alle sehr munter. Denn ein einziger Gejagter und eine einzige Nacht hatten absolut nicht gereicht, um sie auch nur

---

[13] Die Augen junger Wolfswelpen sind blau, das ist bei Werwölfen nicht anders!

etwas müde zu machen. Insgesamt waren es übrigens sieben… Nein, wir sind hier nicht bei den Gebrüdern Grimm, selbstverständlich erfahren Sie ihre Namen.

Jedenfalls, wenn Sie darauf bestehen. Ja?
Na, Sie wollten es so: Raging Fang, Baggy Pant, Demoniac D., Insane King Lee, Sternmoosblütenpfötchen, Fingerhütchen und Silberflauschköpfchen - schlimm, ja, ich weiß. Aber sowas passiert; in einer Welt, meine ich, wo der Vater den Jungen und die Mutter den Mädchen die Namen gibt.

Die Schulterhöhe von Fingerhütchen, die knapp dreizehn Jahre alt war, überragte die einer gewöhnlichen und ganz und gar ausgewachsenen Wölfin um fünf Zentimeter. Zwischen den anderen wirkte sie ziemlich klein... Das machte sie aber gleich wieder wett, mit lautem Brüllen, und bösem Schnappen. Gerade schubste sie Insane King Lee von sich weg, um auf Baggy Pants Rücken zu springen, und von dort aus fauchte sie ins Gesicht des gefangenen Mannes.

Sie grollte dabei, so tief und so böse, wie es nur ging, und dazwischen quarrte sie auch noch ganz schrill. Dazu sträubte sie absichtlich das Fell, bis sie wie ein seltsamer Pelzball aussah… Kurzum, sie machte alles genau so, wie ihre Geschwister das auch schon als taten.

Bösartiger noch als Silberflauschköpfchen!
Lauter als Demoniac Dee. - Fengur hielt seine Nase ans Fenster, die dadurch etwas zu kurz aussah; das gelbäugige Mädchen da draußen besprühte den Gefangenen mit geifrigem Schaum –

Baggy Pant bockte wie ein Gaul, Fingerhütchen sprang ab, um ihn in den Kopf zu beißen, Sternmoosblütenpfötchen mischte sich ein, und schon waren die drei ein Knäuel. - Eins, das ziemlich gefährlich aussah. Am Ende konnte man sehen, wie

Fingerhütchen so fest sie nur konnte an Baggy Pants Hinterlauf riss, der in der Tat sehr dickpelzig war [14] - - und das Irrlicht sah seinen Gastgeber an.

Benni, der jetzt nicht länger verbergen konnte, dass er doch *etwas* mehr war als ein *Tupissen Hessischen Kartoffelbauer*, verzog das Gesicht – „Ein Dieb," erläuterte er. „Hat hier uberall in der Gegend die ganze kleinen Lämmers geklaut."

Fengur sah ihn fragend an; langsam begriff er, dass auch diese Werwolfsfamilie ein Rudel echter Dorfwächter war.

Allerdings konnte er nicht so richtig verstehen, dass es hier in der Gegend zum Dorfwächtern zählte, gewöhnliche Räuber zu fangen... – War aber so …!

Sieben Monde hatte das nun gedauert. Aber jetzt, jetzt hatten sie ihn. Ja, nun: Der Schwarze Graf selber kümmerte sich nur noch um *Böses*. Um *Schrecken*. Halt so, wie sich das für einen adligen Werwolf gehört[15].

Alles andere übernahmen die sieben Kinder, und seine Frau...

Die Zeit der Wölfe für derlei Dinge war schier unbegrenzt, denn für alles andre hatten sie ja Gesinde. Und so waren sie auch diesmal lautlos um die Herden ihrer schutzbefohlenen Nachbarn herum gestrichen – acht Werwölfe, mit denen der Gefangene nicht wirklich gerechnet hatte.

War eindeutig nicht aus der Gegend, der Dieb.

---

[14] `Baggy Pant´: Modisches Relikt der Neunziger Jahre

[15] Nur *geborene* Werwölfe sind adlig; nur sie macht ihr Dorfwächterstatus zu Herren. - Durch *Bisse* zu Werwölfen gewordene Dorfwächter sind deshalb ganz gewöhnliche Leute, die keine besonderen Privilegien haben.

„Beruhigt ihr euch auch mal wieder?! (Und hat ihn auch keiner gebissen?)" Lärm, Gejappe, Geknurre. Teenager! Benni küsste mit Macht seine Frau. „Ih Gitt, du schmeckst nach Kartoffeln."

Die jungen Rüden strichen lässig murrend und voll männlicher Zurückhaltung um die Waden ihres Vaters herum, während sich die drei Weibchen an seinen Schultern hochzogen.

Um an seinem Kiefer zu knabbern.

Und dabei quietschten sie, in einer sehr schlimmen Frequenz.

„Damn it! Dafur seid ihr su alt!" sagte der Wolfsmensch, und spuckte aus. - Er wischte sich übers Gesicht:

„Ist ruhig, jetzt. Bringt ihn ruber, zum Stall!"

Ja, nein. Der `Stall´ wurde bloß so genannt. Kartoffeln brauchen gar keinen. In Wirklichkeit war das so eine Art sehr kleines Gefängnis (und wurde meistens als Ausnüchterungszelle gebraucht). Die Gäste sahen, wie Bennis sieben recht große Kinder dem Befehl sogleich folgten...

...Und Fengur war vollends entzückt. Immerhin, all diese Wölfe waren Klingonen! - - Nach allem, was er so wusste. Aber das Irrlicht, das guckte ganz schräg. - Noch schräger als vorher!

Es drückte die schwarzen, buschigen Brauen zusammen...

Ja: Der gefangene Dieb tat ihm leid.

Benni sah die zwei Gäste daraufhin an, als wäre es Zeit für sie, endlich zu gehen. Er huschte schneller, als man ihm das zuge-traut hätte, zu seiner Frau. Dann redete er leise mit ihr…

Mit verschiedenen Ausdrücken von Missbilligung auf sieben hundeartigen Gesichtern und Ärger im Antlitz der Frau saßen sie plötzlich alle um Fengur und das Irrlicht herum. Die Augen des

Irrlichts … na, das hatten wir schon, wie das aussah, Funkeln, rauchgrau, Diamanten, und so, ja, ja, da wissen Sie noch Bescheid. – Denke ich!

 Das haben wir ja schon mal gesehen.

Nur Fingerhütchen ließ es sich mal wieder nicht nehmen…
„…Darf ich den Kleinen behalten?" dachte der Teen - Wolf.
 Sie jappte, ein Laut voll bedrohlicher Anhänglichkeit.
Und dann sprang sie vor, um das Objekt ihres Interesses zu schubsen... *„Willst du mich heiraten, wenn aus dir ein Mannsbild geworden ist!?"* - Fengur zögerte nicht. „Na, klar. Ein richtiges Weib könnte ich schon gebrauchen..." von Jieksern erfülltes Hecheln von allen Seiten, und das Gelächter einer sehr blonden Frau – „Jetzt reicht aber hier, come, come!"
 - - Auf Gandurs Rücken wurden ein paar alte Sachen für Fengur geschnallt; dem Benni tat das Kind unnötig leid.
 Mehr oder weniger unnötig. Und so brachen Irrlicht und Kind wieder auf ... zu Fengurs großem Bedauern.

Selbstüberschätzung war trotz allem nicht seine Sache, er sah das so, wie es war: Ein Exemplar wie Fingerhütchen konnte er nicht einfach so mitnehmen. - Jedenfalls nicht ohne Vollnarkose. Und da Benni ganz offensichtlich seinen Begleiter nicht mochte (und in der Tat für sowas wie einen *tupissen Herumtreiber* hielt), war das also ein Abschied für nahezu immer. - Traurig! Aber, na, immerhin: Fengur hatte Unglaubliches erlebt, gehört und gesehen. Und auch so vieles gelernt - - Ja, was! Natürlich hatte er was gelernt. Kartoffeln sind wichtiger als Furchtlosigkeit, und das musste er als Nordhesse doch wissen. - Also! Da konnte er genauso gut gehen, um zu Hause noch kurz das Irrlicht aus seinem Leib raus zu zwingen, und dann zu erzählen, was alles so war.

...Aber zuerst schaute der Mann mit dem Namen der Katze nun doch mal bei diesem Dieb da vorbei. Die Arme des Eingesperrten waren verdreht, in Richtungen, die nicht so recht passten, und außerdem hatte er nicht einmal Wasser…

Das Irrlicht schüttelte den Kopf, und holte ihm kurz entschlossen mal welches. Wobei es zwischen drei finster grollenden, zwei tief brummenden und den beiden bösartig knurrenden Werwölfen Spalier laufen musste. Die es aber alle nicht beißen durften. Und dann schnitt es dem Dieb noch die Fesseln durch.

Und so ließ es einen dankbaren Schafsräuber zurück, der das hilfreiche Irrlicht auch nie wieder vergaß... Jedenfalls nicht bis zum frühen Morgen, als er dann, den Umständen entsprechend recht schnell, endlich starb.

Fünf

**Jochen ist auf dem Pferd von seinem Frisör
unterwegs, Fengur bekommt kein Bier,
und das Irrlicht hilft einem Kleinkriminellen.**

So ganz kam Fengurs Fengur suchender Vater, der Jochen, mit der Heimstatt des Vogtes nicht klar...

Als er sie vor Jahren zum ersten Mal sah, war es grad Winter, und er nicht gut drauf. Und jetzt – jetzt war es noch schlimmer.

Nein, Fengurs Fengur suchender Vater hatte keine Augen für die blühenden Bäume, die ringsherum die Landschaft verschönten. Leider muss man auch sagen, dass er sie nicht einmal roch. Todunglücklich war er... `Er´, hatte der Vogt zu ihm gesagt, `...könne da wohl nicht viel helfen.´ – Und das war letztendlich der selbe Text wie damals in jenem Winter, als er zum Schluss mit dem Eispferd nach Hause kam.

So. Auch diesmal wünschte er sich, er wäre *überhaupt* ganz einfach zu Hause. Aber stattdessen vergrößerte sich nun die Entfernung: Der Vogt hatte ihn nämlich weitergeschickt.

Der Vogt hatte ihn einfach zum Herzog geschickt, und so ritt er immer *noch* weiter weg, - *von jedem Ort, wo Fengur sein konnte* – und der wachsende Abstand zwischen ihm und dem von allen Schrecken bedrohten Kind machte ihm so große Angst wie nie zuvor irgendetwas in seinem Leben.

Der arme Kerl brauchte jeden Fitz seiner ohnehin bescheidenen Tapferkeit, um trotzdem weiter zu reiten, ja, ja.

Der sehr schöne Wald, der diese Stadt mitsamt ihrer blühenden Kirschbaumlandschaft überall nett umrahmte, beziehungsweise, der sich rundum wie der planentengroße Buckel eines scheußlichen Untiers erhob, sah aus wie ein einziges, riesiges Tor ... ein monströses Tor zu einer lauernden Welt, in der Jochens Junge jetzt war – in der alles, was schön ist und süß, nur dazu da ist, um grausam zerstört zu werden.

So grausam, dass er sich das kaum vorstellen konnte.
Natürlich stellte er es sich trotzdem andauernd vor.

Er konnte gar nichts dagegen machen. Und so blieb die elegante Stute von seinem Frisör ganz einfach stehen, da er sie vor Grausen gar nicht mehr trieb - - „Ja, iss klar, n´ Eschweger,“ brüllte ein Kasseler Dampfrollerfahrer, als er das Brandzeichen der Stute sah, obwohl eigentlich er der Auswärtige war, und diverse Vehikel begannen zu hupen; ja, nein. Man kann das so sagen: So *ganz* kam Witzenhausen mit dem Jochen nicht klar.

**

Am nächsten Tag tippelte Gandur, fern von dem eben erzählten Geschehen, eifrig und munter unter dem Irrlicht dahin.

Anscheinend konnte es das Pferd fast so gut antreiben wie der kleine Junge. Aber es wurde ja auch nicht, wie Jochen, andauernd abgelenkt.

Höchstens vielleicht mal durch Fengur.
– Durch dessen stetes Geschwätz. „Und warum willst du denn überhaupt in eine Stadt?" quasselte er...

„Ich meine, wozu willst du denn ein Portal (als würde es hier keine sehr schönen Großstädte geben!)? Tante Sarina sagt, die sind alles in allem sehr blöd, da drüben, die Städte. Und stinken, komm doch lieber mit in unser Dorf." - Der Junge warf dem Irrlicht einen Seitenblick zu, aber sein Hinweis schien nicht so zu funktionieren. „Das ist doch sicher viel schöner," betonte er (und wurde so langsam säuerlich). - Herrgott! War das schwer. Dieses Irrlicht endlich nach Hause zu kriegen!

„Städte, Städte! Ich meine, warst du denn überhaupt schon mal in einer?" Dumme Frage, ich hab ihn ja grad erst gemacht, dachte Fengur, und beschloss, die Frage zu relativieren.

„Ich meine, woher weißt du, dass es Städte gibt? (Und woher weißt du überhaupt von den *Portalen?*)" – „Heh, komm: Du weißt das doch alles auch." Das Irrlicht sah das Kind auf einmal groß an. - „Du hast mich einfach so mitgenommen," raunte es. „Aber, wozu? Ich glaub nämlich fast, du magst mich gar nicht. Ich meine, warum nimmst du mich dann überhaupt mit?!"

Na, das sagte er mal lieber nicht... Besser war es, da gar nicht erst drauf einzugehen – Fengur fühlte sich etwas ertappt.

Mit Gefühlen war er sowieso geizig.
Und zudem war er garstig gereizt; das Irrlicht, dieser unangenehme Kerl, ließ sich wie gesagt nicht auf geradem Weg dahin bringen, wo er es eigentlich hin haben wollte. „Mama und Papa

hab ich oft ziemlich gern," meinte er also (während er ein paar Laufschritte machen musste, um hinter seinem eigenen Pferd her zu hechten, denn er war mal wieder mit Nebenhergehen dran). „Ja, auch die Oma, und auch die Katze. Und sogar Opa, den mochte ich schonmal fast so sehr wie das Pferd. Aber, dich? Dich kenn ich ja nicht."

„Und was ist mit dir? Magst du dich denn nicht selbst?"
„Wozu denn das? Ich bin doch bloß ich." ...Nicht wahr? So etwas leuchtet doch ein, und das Irrlicht schwieg. Immerhin, es sah besser aus ... um genau zu sein, *gut*. - Gesund und satt, so wirkte es heute, und auch sehr munter. Und zumindest der kleine Junge war jetzt, dank Benni, auch recht gut gekleidet.

– Beides war durchaus von Vorteil.
Beide sah man jetzt freundlicher an.

Und das war auch gut so, am Nachmittag kamen sie nämlich zu einer verranzten Kneipe.

– Gott, ja! Was soll ich sagen! So eine Kneipe, da!
Die werden Sie sich wohl noch allein vorstellen können!

Da ging es zur Sache, der ortseigene Musiker war schon ganz fertig. Was man leider auch hörte. Und Fengur, der erfahrene Mann von Welt, lotste das verunsicherte Irrlicht durch die wogende und teilweise streng riechende Menge.

„Komm, wir setzen uns gleich mal hier hin."
Er spähte erregt nach dem Wirt.

– Da werde ich jetzt ganz einfach ein Bier bestellen! dachte er.
Das Zeug schmeckte furchtbar und gallebitter, aber, war ja egal. Mal sehen, was dann passiert!

Ob er mir eins bringt? (Nein, tat er nicht.) Oder, ob er dann wütend wird? (Ja, wurde er)… Na, ja, überlegte Fengur, während er den verschüchterten Mann neben sich kalt blickend prüfte – dieses Irrlicht hier wird mir schon nichts machen. Obwohl es schon groß ist!

- Das in der Tat bereits große Irrlicht gewöhnte sich schnell an den Lärm. Bald schien es sich wohl zu fühlen, inmitten von Menschen... Kurz wurden seine Augen wie bei einer ruhenden Katze ganz schmal. „Pennst du jetzt ein? Ich will was bestellen." – „Warte," …und das Irrlicht richtet sich auf, wird wieder ganz wach, hat etwas gesehen. – „Was ist?" – „Siehst du das nicht? Der Mann da, der sieht aus wie der Dieb in der Zelle." - Natürlich, war ja auch sein Bruder: Ein Musiker von sehr schlechtem Ruf - der eine ganz kleine Tochter hatte...

Na, *so* klein nun wieder nicht, eher so wie Fengur.

Sie kletterte auf einen der Hocker, und sah Siljas Sohn fragend an. „Wollt ihr was von meinem Papa?" – „Tag," sagte Fengur. – Das Irrlicht klinkte sich ein:

„Stimmt. Hol deinen Papa doch gerade mal her."

Das tat sie, aber, - „Ich hab keine Zeit, mit euch zu reden," klagte der schlecht beleumundete Mann, der ein echt seltsames Instrument bei sich trug, ach, wie das aussah, kann ich jetzt gar nicht beschreiben, aber wir können alle froh sein, dass wir es nicht hören, „...Ich muss sofort weiterspielen. Ich meine, ich meine, ich brauche das Geld!"

- „Geld hab ich auch!" rief Fengur, der grad mit dem bierverweigernden Wirt emsig stritt - großspurige Worte, die aber dank Benni stimmten. Ja, es war nicht *viel* Geld. Aber es reichte. Und so mieteten sie sich den Mann – eigentlich nur für ein paar Minuten. Für einen kurzen Moment. Aber aus dem wurde ganz schnell der Rest von diesem ganzen Musikerleben.

Musik machen musste er für sie natürlich nicht, sie hatten nur was mit ihm zu bereden. So, über seinen Bruder, und so ...

(„Heh, spiel weiter." – „Mir geht´s nicht so gut."– „Wann geht´s dir denn mal gut?!")

„Ich wusste, dass es irgendwann mal passiert," seufzte der Räubersbruder. Und Fengur schenkte dem Mädchen schnell eine Jacke, damit der Kerl zu jammern aufhörte. Und zwar die alte von Demoniac Dee. – „Ich fürchte, deinem Bruder ist nicht mehr zu helfen," bemerkte das Irrlicht dazwischen, „...Denk an dein Kind..." - Es fasste den Musiker (der keine Anstalten machte, Fengurs Großzügigkeit zu bewundern, was diesen sehr reizte) an seinem Arm, und sah ihn grad an.

„Hast denn auch *du* da so Schafe geklaut?!" Ja, hatte er. Unter anderem. „Dann," sagte das Irrlicht, „... müsst ihr, glaube ich, fliehen. Und, klau jetzt nicht mehr." – „*Nie* mehr,"... ja, ja. Von irgendwas muss der Mensch ja nun leben!

Der Musiker rang seine Hände. Er, sagte er, hatte noch nie einen so guten Freund; einen so guten Freund, wie ihm der Mann mit dem Namen der Katze nun grade war (… ja, eigentlich hatte er vorher noch gar keinen Freund –) und dann machten sich die beiden Großen ans Packen.

Und während sich besagte zwei Große in eiligem Zusammen-raffen der wenigen Lumpen des Musikermenschen ergingen, nahm Fengur die Kleine neben der Spelunke beiseite.

Das heißt, er gab ein oder zwei Laute der Verachtung von sich, während er sehr langsam einen lässigen Blick nach hinten über die Schulter warf, wo der wütende Wirt noch immer grollte – und dann setzten sie sich draußen auf ein altes Fass, und baumelten mit den Beinen.

Fengur fühlte kurz nach, was es in seiner Nase so Neues gab. Danach wusch er sich ein schwärzliches Knie mit viel Spucke; er erinnerte sich gar nicht an den seltsamen Kerl, der aus irgend-welchen verrückten Gründen nicht gern mit Mädchen spielte, dies hier jedenfalls war richtig toll. Auch ziemlich schön … das konnte man herzeigen, das kleine Ding!

Und sehr ernste Gespräche führen, das ging mit ihr auch. „Schöne Jacke," – „Ja, schön." – „Steht dir." – „Ja, gut. Ich mag aber am liebsten Grün." – „Grün hatte ich nicht." – „So froschgrün, wie die jungen Buchen." – „Ehrlich? Also, ich mag lieber ... ach, ich glaub, *ich* mag alle Farben." – „Das ist doch praktisch." – „Ja, kann ich alles anziehen!" - Es entstand ein behaglicher Moment aus einvernehmlichem Schweigen.

„Wenn ich mal tot bin, werd ich so ein Hügel."

Sie zeigte auf einen froschgrünen Berg, mit schwarzen Fichten anstelle von Haaren. „Ja, Sterben ist cool." Das wusste Fengur ja wie gesagt schon seit Wochen, und das Wort hatte er von der Tante gelernt - „Dann hast du auch deine froschgrüne Jacke."

– „Aber nur im April." –

„Wie viele Frauen kann man eigentlich haben?" – „Ach, viele, glaub ich. Ich will auch nicht nur bloß einen Mann. Als erstes, da nehm ich den Papa, und als zweites nehm ich dann dich." – „Genau, und ich nehme Fingerhütchen und dich."

- Na! dachte er. *Da* werden die Leute vielleicht gucken! Das Fingerhütchen, und diese sehr nette Kleine – und, als deren zweiter rechtmäßiger Mann, auch noch vom Schafsdieb der Bruder. Wenn das keine präsentable Familie ergab!

Mama und Oma, die würden staunen, der Opa natürlich. Und auch der Fatter... Ach - der wurde halt gar nicht gefragt. Vielleicht, überlegte Fengur, vielleicht gefällt ihr der Fatter. Dann heiratet der uns dann auch.

Er hob eine Braue, wofür er sie zunächst mittig knickte - - und machte sich dran, noch mal was wirklich Kluges zu sagen.

„Na, jedenfalls, wenn wir erstmal eine Familie sind, kannst du ganz viele Jacken von mir und den anderen haben. Fingerhütchen zum Beispiel ist sowieso nicht so gerne ein Mensch, ich glaub, die braucht gar keine Jacke." – „Oh, schön. Das ist gut."

– So. ...War das also abgemacht! Fengur war überrascht, dass sich unterwegs, so ganz nebenbei, auch solche Sachen wie die Familienplanung erledigen ließen. – „Schnell, schnell jetzt!"

...Der missratene Musiker heulte zum Abschied ein bisschen, was ihn nicht daran hinderte, das verlegene Irrlicht sehr heftig zu drücken (immerhin, sein einziger Freund, wie gesagt). Und dann stürmte er mitsamt seiner Tochter davon, um den Rest seines Lebens in Angriff zu nehmen.

„Ich werde alle zwei heiraten müssen," bemerkte Fengur nachdenklich, nicht wirklich an das Irrlicht gewandt. „...Denn sie will den ja auch..." - Hm, hm.

Ob ihm eine derartige Hektik auf Dauer nun wirklich gefiel - das konnte er, Vorzeigbarkeit, Schöngeist und Nettigkeit dieser Kleinen mal hin oder her – momentan noch gar nicht so sagen.

Sechs

**Das Irrlicht macht sich bei zwei alten Leuten beliebt,
und Jochen trifft sich mit dem Herzog von Kassel.**

Fengur beschloss, einfach wann ganz anders darüber nachzudenken. Er sah sie nie wieder, denn sie wurde nicht alt, und kurz drauf gingen sie dran, mal wieder zu übernachten.

– So im Dunkeln guckten sie *schon* wieder nicht, ob hier *Monster* waren.

...Oder, ob dieser Grund wem gehörte - aber Fengur war müde, da war ihm das gleich. Auch das Irrlicht schlief ziemlich schnell ein, denn es enthielt seine ersten zwei Bier –

...Und am nächsten Tag wurden sie dann auch gleich von den Besitzern des Grundstücks ins Haus eingeladen.

„Konntet ihr ja nicht wissen, konntet ihr ja nicht wissen," meinte die alte Frau. „Ist gar nicht schlimm." - Das Irrlicht, das von Besitz und Nichtbesitz dank der zwei Schafsdiebe nun einiges ahnte, wurde ein bisschen rot. Es bedankte sich bei dem alten Ehepaar für das Hier Übernachten Dürfen, und für Fengurs Frühstück ... na, halt für alles, und so. – Und dabei lächelte es.

Aber, Herr, Gott! Was war denn *das* für ein Lächeln.
Oh, ha, das hätte nun wirklich Steine erweicht. Um es mal ganz klar zu sagen, wie's war. Es war ein Lächeln, das, obwohl es sehr strahlend war, zur gleichen Zeit etwas bedröppelt wirkte, wie, um die Wirkung noch zu erhöhen – was erstens die Augen und zweitens den schönen Mund nochmal so richtig zur Geltung brachte, und zuletzt noch der Nase die allerniedlichsten Fältchen verpasste … letzteres oben, so in Richtung Stirn.

Na, jedenfalls!
Ein ganz neuer Ausdruck an ihm! Wie grad erst gelernt! Aber, so neu er auch war, er trug gleich Früchte. Und der eben noch grantige Gatte der Alten grinste auf der Stelle zurück.

„Ein ungewöhnlicher Name (für einen Nordhessen)," meinte er, nachdem sie sich alle vorgestellt hatten.

„....Naja," antwortete Fengur schnell (anstelle des angesprochenen Irrlichts), „So hat, sacht der Opa, sein toter Fatter die schwarze Katze genannt, denn die hat nämlich geschielt, und seitdem heißen bei uns die Katzen so, auch, wenn sie überhaupt gar nicht schielen." – „Na, du bist aber eher keine Katze..."

- In der Tat. Das Irrlicht (das der alte Mann meinte) fasste sich an den Nacken, stieß einen höflichen Bauchkicherer aus, und scharrte auch noch mit dem Fuß - fast so wie Gandur, nur war

65

der selten verlegen. Sowas, dachte der alte Mann. Der ist ja *echt* goldig.

- Und dann wandte er sich erneut an den schon wieder leicht stinkenden, erneut verschmutzten Jungen, der insgesamt so viel weniger nett rüberkam –

Und `Fengur´, `Fengur´," sagte der Alte, „Das happ ich hier aber auch noch nicht gehört ..."

„Ja, ich heiß wie der Graf. Denn der war ein Immigrant. An sich sollte ich wie der Uropa heißen (und der hat einen *sau*blöden Namen gehabt). Aber das wäre eine schlechte Oma gewesen, weil der war aus dieser Anderen Welt, - da. ...Wo er auch ganz schnell weg gemusst hat - was auch ganz schlecht gewesen wäre, für Oma.[16] Und dann war er zum Glück endlich tot; - hat sich erhängt! – Gott sei Dank."

Die alte Frau ignorierte ihn, und musterte stattdessen das Irrlicht genauer. „Du hast die selbe Statur wie unser Sohn," meinte sie, „Kommt rein, kommt rein." - Das machten sie.

„Wo ist der denn?" – „Oh, der ist tot. Und von dem hab ich noch Sachen." – „Na ja," meinte der Alte, „...das ist ja nun aber kein Thema, hier. Ist ja auch schon so lange her. Guck mal, ich glaube, das könnte dir passen."

Die beiden Alten schwirrten um das Irrlicht herum…
Die Frau eher still, der Mann inzwischen recht launig, und umso lauter.

Fengur wurde eifersüchtig, dadurch ziemlich giftig und aus diesem Grund böse, und darum beschloss er, in den Garten zu gehen. Ja, was heißt Garten. - Das war eine Art Wüstenei, da um das ganz kleine Haus … Gräserbüschel vom vorigen Jahr stritten sich mit dem blau blühenden Gundermann drum, hier

---

[16] Omen

66

das Bild zu bestimmen, und die Rosen waren wohl halb erfroren - sehr offensichtlich sehnten sie einen Rückschnitt herbei – von den drei Obstbäumen mal ganz zu schweigen.

Oh, ha, die hatte seit Jahren keiner beerntet; Fruchtmumien hingen überall dran herum - zur Freude der Schädlinge, und an den Stämmen wucherte Krebs. Überall wuchs ganz viel Unkraut, und etwas Gerümpel lag auch noch dazwischen...

– „Da muss man aber was tun," rief Fengur. – „Ach, ja," meinte der Alte, der hinterher gekommen war. „Das können wir beide schon lange nicht mehr -" - Er setzte kurz dazu an, die Gelegenheit für einen Vortrag über Gebrechen und deren Ursachen zu nutzen, wurde aber vom Irrlicht schnell unter-brochen. – Wäre doch schade, die neuen Schuhe so sauber zu lassen. Dafür waren die sicher nicht da… Es ließ sich von den beiden ein paar Anweisungen und auch noch ein Paar Handschuhe geben, schnappte sich einen Spaten sowie diverses andere Zeug, und dann ging es los.

Es war zwar nicht unbedingt schön, was das entschlossen werkelnde Irrlicht da machte – die Bäume etwa sahen am Ende wie von einem Kind bearbeitet aus. Aber von einem, das ziemliche Kräfte, und immerhin auch schon sowas wie Fachwissen hatte. Und dann waren auch noch die Rosen dran...

Der Mann mit dem Namen der Katze legte mit Hilfe des Schnittguts (und altem Modder da aus der Ecke) auch gleich noch ein paar Hochbeete an. Und dann schickte er Fengur zum Nachbarn, um hierfür einige Pflänzchen zu holen. Er rodete, hackte, und pflanzte die Blumen… „Ich hatte schon ganz vergessen, dass da mal eine Terrasse war." - Das Irrlicht machte sich dran, die selbe auch noch zu schrubben.

Und die alte Frau ging ins Haus, wo sie weinte.

Fengurs Vater Jochen indessen hatte die Ränder von Kassel erreicht. Er ritt durch ein lichtes Gehölz, wo ein Meer aus quietschgelben Anemonen einen sonnig leuchtenden Teppich bildete… Der Herzog war zum Glück gerade zu Hause, und zwar auf seinem Schloss in Wolfsanger, das nirgendwo sonst als im Bossental stand. - Fengurs todunglücklicher Vater jagte die falbfarbene Stute von seinem Frisör mitten durch, meldete sich beim Pförtner, bekam eine Nummer und stellte sich, etwas wackelig, ganz hinten an.

Jaa, `Schloss´, gut! Ein *Schloss*, in einer *Nordhessischen Paralleldimension...* Märchenhaft, märchenhaft, ich kann kaum beschreiben, wie egal mir das ist, glauben Sie also nicht, dass ich jetzt hingeh und was über Schlössergestaltung erzähle.

Und auch der Jochen war nicht interessiert.

Zwar hob er die Brauen, als er das Wappen der Sekte sah, der Herzog Franz angehörte - den Heiligen Olm – aber er nahm sie auch gleich wieder runter. Denn, wie heißt es im Dreizehnten Gebot, dort drüben in jener Welt: Du sollst deine Religion keinem aufdrängen.

Und von daher fand er als Chatte den Heiligen Olm ganz okay.

Als er endlich vorgelassen wurde, war von dem beherzten Jungen, der einst vorm Grafen der Igelsburg stand, nicht mehr viel übrig. Ohne weitere Umstände fiel er sofort auf die Knie.

Ich meine, vor dem riesigen, riesigen, hell bräunlichen Werwolf, den er durch all diese Tränen gar nicht gut sah – „Ich kann nichts dafür," stieß er hervor, „... dass ich störe. Aber der Vogt hat mich hergeschickt. Helfen sie mir. Mein Kind ist weg." - Der vor ihm glotzte so irgendwie blöde, und sah ihn leicht sabbernd an.

„Und vorher hat es mein Pferd geklaut," fuhr Jochen fort, „... und das ist jetzt tot," nein, stimmte nicht, „...oh, wie konnte das denn nur passieren."

Fengurs Vater fing erneut an zu schluchzen, was einigermaßen erbärmlich klang … automatisch griff er sich den kleinen, fast schwarzen Hund, der plötzlich neben ihm aufgetaucht war (sicher der schlosseigene Herzogs - Hund, dachte er). Eigentlich machte er das, um sich aufzurichten, denn er knickte vor lauter Weinen andauernd in der Mitte zusammen. Aber dann drückte er sein Gesicht an das kleine Tier, und weinte noch etwas schlimmer. Der hellbraune, glotzende Riese hatte offenbar nichts dagegen … er lief kurz davon, um Jochen ein nasses Bällchen zu holen; „Woff," sagte er.

„Was redest du denn mit meinem Hund?"

Oha! - Jochen hörte kurz auf, um sich zu räuspern, und ließ den kleinen Herzog Franz wieder los. Und unterdrückte den Impuls, all die Tränen und die Spucke und alles wieder wegzuwischen, was er im Fell des Werwolfs gelassen hatte, denn den Landesherren berührt man sonst nicht. - Ja, ja! Kleiner als ein Schäferhund war der! Aber da er als Mann noch viel kleiner war, gab er nicht selten als Wolf Audienz.

Das war dem Jochen so ziemlich egal.
Vermutlich hätte er ihn nicht mal in Menschengestalt für den Besitzer des Schlosses gehalten, denn sonderlich herzöglich sah der Mann gar nicht aus.

An sich, kann man sagen, eher ... sonderbar.

Ja, auf *Unserer* Seite hätte er sehr gut in so einen Rockerfilm da gepasst. Als Dritte-Reihe-Statist, völlig klar... So, wie es übrigens auch bei Fengurs Opa noch immer deutlich zu sehen war. Zumindest für Sarinas Schwester Sybil… Ja, genau *die*. (Die *uns* hier völlig egal sein kann). - Die hatte das mal gesehen.

- - Aber während bei Fengurs Bären fangendem Bauern-Opa auch eine hübsche Höhlenmensch-Doku zur Tarnung ausgereicht hätte, wäre für den Herzog von Kassel gar nichts andres in Frage gekommen. Was in einer Welt ohne Fernsehen allerdings sowieso kein Mensch sah -

Na, ist auch egal.

Bei seinen Untertanen fiel Herzog Franz einfach nur dadurch auf, dass er sich immer ganz gerade hielt.

Als hätte er einen Stock verschluckt!

Wodurch er als Wolf ein *bisschen* an ein Kutschpferd erinnerte... So ein Englisches Kutschpferd! Sie wissen schon.

Nur halt in klein. - Ja, ja. Übrigens war der wunderliche Mann nicht mal der kleinste Werwolf der Welt, da gab es noch einen kleineren, aber das gehört noch nicht hier her –

Immerhin sagten manche, dass Herzog Franz wenigstens schonmal die kleinste *Randgruppe* auf der Welt war…

...Und auch *das* stimmte nicht wirklich, -

- aber mindestens das ist jetzt, letztlich und endlich, eine ganz, ganz, *ganz* andre Geschichte.

– Kommen wir lieber zu dieser zurück.

Der gelbäugige Herzog kräuselte unbeherrscht seine Schnauze.

„Ja, Kind, und Pferd, was iss nu, hier. Willst du ihn anzeigen, wegen dem Tier?!“ – „Ach, das Pferd! Das ist mir fast schon egal! Ich will vor allem meinen ganz kleinen Jungen.“

„Na, Herr Gott, (eh, Heiliger Olm), lieber Mann, das ist mir schon klar. Ich wollte dich nur etwas lockern. Ich meine, - na, sag schon:Wie sieht das Kerlchen denn überhaupt aus ?“

Ja, sowas ist aber auch wirklich nicht leicht.

Wie ist so ein Mensch zu beschreiben?!

(Ich meine, haben *Sie* das denn schon mal gemacht?!)

`Er hat eine sehr süße Nase, die aber öfter mal läuft. Und seine Haare haben wir ihm völlig kurz schneiden müssen - denn da drin fangen sich sonst Unmengen von Dreck ...´

Nein, sowas konnte man vor dem Herzog nicht sagen.

Jochen konnte überhaupt gar nichts sagen. Brutal wurde er von Schluchzern geschüttelt; er heulte, schniefte, und suchte ein Tuch - und Herzog Franz zog sich etwas zurück.

„Also. Fengur ist so ein ganz kleiner Kerl..." (der Herzog schloss seine Augen) „Und die Augenfarbe ... weiß ich jetzt nicht." Jochens Blick huschte hin und her, während er versuchte, sich zu konzentrieren. „Er kann irgendwie so *ganz* niedlich grinsen," ...unwillkürlich stöhnte der Herzog, und schlenkerte auch seine Schnauze - „Seine Haare sind dunkler als meine (zumindest *mein* ich das jetzt). Aber nicht dunkel kuhbraun, wie bei unserem Fatter. Nein, eher dunkel schwarzbraun. Wie bei einem Schwein - - ja, jetzt seh ichs! *Genau so* wie bei ihnen!! Oh, Verzeihung (aber, ich meine, so ein wildes Schwein ist ja auch ein sehr schönes Tier) - und außerdem hat er *ganz* dünne Arme..."

Der schweinsbraune Herzog versuchte, auch weiterhin freundlich zu gucken - beherrschte, kratzte und schüttelte sich.

„*Nee, nee,*" brummte er in Jochens Gedanken (übrigens mit einer sehr tiefen Stimme, die zu einem so kleinen Tier nicht so recht passte). „*Nee, so wird das nix. Ich meine, überleg mal. Wie r i e c h t das Kind denn?*" – Ja, meistens schlecht. Jochen öffnete den Mund ... und machte ihn auch gleich wieder zu:

Es ist die Schwäche der Menschen, dass ihre Riechzellen nicht mit ihren Sprachzentren verbunden sind. In den Gehirnen, meine ich jetzt - nichtmal Werwölfe können Gerüche anders als mit Vergleichen beschreiben! Und Jochen, ja, nun! – Der war nicht mal einer! „Bei Odin, ja, warte. Manchmal so ... rostig. Oder wie - ja, fast wie ranziges Leder, wie faule Äpfel, so irgend*wie*. Er riecht … er riecht … (ja, wie riecht er denn jetzt,) halt oft wie die Orte, an denen er spielt..."

Der Herzog von Kassel verdrehte die Augen, und schüttelte sich einmal mehr. „*Also. Halten wir fest: Deine Familie hat Kontakt zur Anderen Seite, und dennoch kein einziges F o t o von ihm? Und zweitens: Ihr habt im Dorf bei euch einen Schamanen, und trotzdem kein einziges G e r u c h s p r o f i l?*"
 – Foto? Schamane? `Geruchsprofil´? Jochen war sowieso schon situativ überfordert [17]! Und jetzt wurde es ihm etwas viel.

– Wie? Was? Der Herzog befahl, dem Mann dort einen Schnaps herzubringen. „*Im Falle einer Anspannung ist das genau das, was ein gewöhnlicher Mensch wie du gerade braucht.*" – Genau.
 Herzog Franz unterdrückte den wölfischen Impuls, dem armen Kerl da über die Hände zu lecken; er trottete in Richtung Um-wandlungszimmer, um sich dort zu verwandeln.
 Und auch zu bekleiden.
Was bei ihm oft ein klein wenig dauern konnte.
 Weil er als Herzog so viele Sachen an sich dran schnallen musste. – Und überhaupt. Und dann wurde sich allgemein auf die ganz große Suche gemacht...

Nein, die haben da keine dressierten Spechte, in jener Welt – die überall die Steckbriefe an die Bäume dran tackern!
 Das Ganze lief im Ganzen eher konventionell.

---

[17]Das sagen die Intellektuellen, wenns ihnen reicht.

Sieben

**Fengur und sein Irrlicht finden ein kleines Walddorf
und geraten auf ein seltsames Fest.**

Am Morgen verließ Fengur, der von all dem nichts wusste, zusammen mit dem Irrlicht den verschönerten Garten.

Und auch die beiden verlassenen Alten, von denen noch gar nichts zu hören war. Das Irrlicht verließ sie nicht gerne... Grübelnd ließ es die Vorhänge der dichten und dunklen Wimpern herab. - *Ich weiß nicht*, dachte es.

Ich weiß nicht, warum ich immer gleich weiter will ... (und:) *Ich weiß nicht, wozu ich b i n. Vielleicht - damit ich Leuten wie denen hier helfe?* - Tja, nun. Wen wollten solche Gedanken verwundern ... denn, immerhin: Es war aus Licht. –

Jaa, das Irrlicht.

Das war schon einer! Seit er nicht mehr ganz so verhungert aussah, konnte einen sein Anblick ganz schön schlimm packen - kaum wars zu glauben, dass es *so* einen *gab*.

Es sah ganz so aus, als hätten sich verschiedenste Gene so richtig bemüht, aus diesem Mann was Besondres zu machen. Hat man nicht oft: Hartes und Weiches begegneten sich, in seinem Gesicht, und alles passte perfekt zusammen, war, ganz und gar, aus einem Guss... Ja, widerstehen konnte man ihm so leicht nicht, seine Schönheit war zum Verzweifeln.

Und das war nicht alles. Nein, auch die Stimme des jungen Mannes war hell und klar. Wie der Morgen, der alle Schatten aus den Welten des Bösen zurücktreiben kann – in irgendwelche finsteren Löcher (um´s klar zu sagen, wie´s damit war)! Und dann wieder, dann klang sie, als käme sie tief aus der Erde … ja, Erde - aus der Erde, wo... Ach, ist ja jetzt auch egal, na, jedenfalls. Unverwechselbar war die. Wie der Ginster, der grad eben ein bisschen anfing zu blühen, weit reichend wie sein scharfer Duft. Und ebenso unfassbar schön.

Selbst sein Hauch von Bitterkeit fehlte ihr nicht, denn manchmal begann diese Stimme, ein wenig zu beben...

...Und diese leise Erinnerung daran, dass alles, was makellos ist, verletzbar ist und vergänglich, war es, was diese Stimme zu einer machte, die jeden sofort aufhorchen ließ.

Sie machte, dass sich einem die feinen Härchen aufstellten. So, als höre man ein besonders eindringliches Lied. - Und diese mehr oder weniger ausgeprägte Entwicklung von Gänsehaut ging stets einher mit der Gewissheit, dass die Idee *Mensch*, so an und für sich, anscheinend doch ziemlich großartig war –

...Verdammt großartig.

Und es quatschte einen auch nicht damit voll, das Irrlicht. Mit dieser Stimme. Was die eben geschilderte Wirkungspalette natür-lich wieder in Grund und Boden gestampft hätte. Nein, nein! So war der Mann mit dem Namen der Katze nicht drauf! Nee, der war eher nett!

Und kein Quatschkopf.

Übrigens fand ihn auch Gandur jetzt netter.

Das Pferdchen scheuerte die Stirn an der Brust des jungen Mannes, was diesen wieder zum Kichern brachte. Und dazu, ein bisschen mit der dicken, samtigen Lippe zu spielen.

Sofort fing das Eispferd an, ihm die Hände zu lecken…

Was ganz Neues bei ihm, vorher hatte er ja immer mal wieder nach dem schweigsamen Fremden geschnappt.

Plötzlich sah das Irrlicht ruhelos auf, mit schmalen, leicht schrägen Augen. Sein Gesicht war auf einmal verändert; es sah ganz – *anders* aus... Fast war es schon eine Grimasse -

„Los," raunte es; „... ich glaube, wir müssen weiter."

Ja, und, jaa – natürlich haben sie später auch noch ein Einhorn gesehen, meinetwegen, man muss ja auch an die gewohnheitsmäßigen Fantasyleser denken, und so ritten sie abwechselnd, bis Fengur erst quengelte, dann müde wurde und schließlich nicht mehr laufen konnte.

Darum ritt jetzt nur noch er.

Und das immer verzagtere Irrlicht lief nebenher.

Und dann wurde auch es ziemlich müde.

„Komm, steig einfach mit auf!"

Das tat es, aber auch das war dem Jungen nicht recht…

„Ach, Mann! Wieso willst du denn *überhaupt* dauernd weiter?!"

Bald heulte er beinahe vor Wut - dieses Irrlicht…! Erst so tun, als würde es Gandur mögen, und nun jagte es ihn so durch den Wald. Und er, Fengur, konnte irgendwie gar nichts dagegen machen... Aber, na ja: Eispferde können viel ab. Die schleppen was weg! Und so hatte Gandur gar keine Probleme, und wurde und wurde kein bisschen müde.

Tatsächlich kamen sie an keinem noch so winzigen Dörfchen vorbei - nicht eine einzige Siedlung. Nicht *eine*! Ist ja manchmal wie verdeppelt. Aber am Ende gelang es dem Jungen dann doch, seinen ruhelosen Findling zum Halten zu bringen.

„Jetzt ist Gandur geschwitzt, du Idiot. Reib ihn gefälligst trocken!" – „Ich bin schon dabei. Und sei nicht so frech. Das kann ich nämlich nicht leiden." Das inzwischen leicht bartstoppelige Irrlicht überließ dem Pferdchen sogar die zweite Decke. „Irgendwo müssen doch mal wieder wo Menschen wohnen," flüsterte es, und rollte sich frierend zusammen.

- Und schlief sofort ein. Mit vor Hunger ganz ernster Miene... Na ja, dachte Fengur, eigentlich hat er ein bisschen recht: Eine Nacht in einem Bett wär nicht schlecht.

Der Morgen kam, und der bittere Weißdorngeruch lag betäubend über dem Land. Wie man weiß, hatte unsere Bauernfamilie mit ihren Pferden kein großes Glück, und jetzt fing das auch schon bei Fengur an: Im Morgengrauen lag Gandur tot da.

Ja, wirklich! Ich mach keine Witze! Er lag einfach so da und war tot. Und, nein, auch keine magische Macht machte ihn wieder lebendig. Er war sogar schon ganz steif.

Auch die grausig von den Zähnen gezogenen Lippen waren kein geeigneter Anblick für das verstörte Kind... Fengur war außer sich. Er vergaß ganz, dass Gandur inzwischen mit all den anderen Wikingerpferden in *Walhalla* herum sprang, von mir aus in Sarinas *Stovokor*. Was weiß ich. Und das arme Irrlicht selber war ebenfalls etwas am Heulen. – Sodass es den kleinen Jungen vergaß ... ja, es vergaß völlig, erstmal den Fengur zu trösten, und der lief daraufhin einfach davon.

Warum er das tat, wusste er selber nicht so genau, vielleicht war es ihm zum ersten Mal im Leben einfach zu viel.

„Du bist zuletzt auf ihm geritten," brüllte er im Rennen.
Er drehte sich nicht mal dabei um, denn er ging davon aus, dass ein Irrlicht einem immer gleich folgt, und einen darum natürlich auch hört - - „Du hast ihn zu sehr gehetzt!" - Das stimmte zwar nicht, aber Fengur war böse: Gandur ... es hatte ihn einfach immer gegeben…! Und ihn nun so daliegen zu sehen – blind vor Tränen, und offenbar auch davon taub, rannte er mitten in eine auffällige Begebenheit rein.

Ein halbes Dorf stand um einen pinselohrigen Nordluchs herum, um ihn, und um die ihn bedrängenden Hunde.

Und Fengur wurde wieder ein bisschen munter.
Na, kein Wunder: Gefleckte Hunde bellten wie toll, das in die Enge getriebene Tier fauchte, zischte und machte zwischendurch noch viel üblere Töne, und ein Dutzend Leute schrie

durcheinander. Ein junges Kerlchen drehte sich auf einmal nach Fengur um (der einfach dastand, und starrte) - und die große Wildkatze sah ihre Chance gekommen.

Widerlich plötzlich sprang das gejagte Tier zwischen Beinen, Speeren und Äxten hindurch, und wollte fliehen. Doch leider stand der Fengur im Weg, und glotzte noch immer blöde.

Der Luchs, der zögerte nur *einen* Moment ... und den nutzte das Irrlicht, das eben die Böschung herunterkam, und ging dazwischen.

Immerhin war es mittlerweile gefüttert, und deshalb sehr schnell – alle sahen, wie sich der Mann mit dem Namen der Katze zwischen dem Kind und dem wilden Tier lauernd duckte.

Auch eine junge Frau duckte sich, allerdings hinter den anderen... Mit glitzernden Augen sah sie sich an, was weiter passierte. Und dabei lächelte sie - so unbewusst, halt.

Wodurch sie aussah wie ein blutgieriger Marder.

Der Nordluchs indessen, der stutzte, und ließ von dem Kind ab; er war nicht begeistert, anstelle des Kleinen auf einmal wieder einen bewaffneten Großen vor sich zu sehen...

Das konnte man deutlich erkennen! Also kreischte er wieder, und sprang dem Irrlicht (das bei all dem gefasst und attraktiv grimmig guckte) mit seinen zwei letzten Sprüngen entgegen.

Nur gut, dass es das Messer vom Sohn der beiden verlassenen Alten trug ... und es war erstaunlich, wie gut es damit umgehen konnte. Noch im Sprung änderte sich die Tonlage der durchdringenden Schreie des gehetzten Luchses –

...Und dann hatte er endlich ausgeschrien. Der Schreihals. – Der Luchs. - Es folgten Versuche, sowas wie „Uoch, Mann," und `Hast du das jetzt gesehen´ zu sagen, man sah eine zerschlitzte und noch nicht ganz tote Katze – ein Irrlicht am Boden, das soeben wieder auf die Beine kam…

Und jenes adrette Mädchen, das mit dem Marderblick.

Das kam, weil die Gefahr nun vorbei war, hinter den andren hervor, und lief dem Irrlicht wie von der Schnur gezogen entgegen.

„Du hast das Kind gerettet," rief sie, ohne besagtes Kind auch nur anzusehen. Dazu hatte sie gar keine Zeit: Sie war damit beschäftigt, zu wissen, dass sie dieses Bild nie vergessen würde… Wie dieser auffallend gut aussehende Mann ganz allein zwischen den Luchs und den Jungen trat.

Ohne Nachzudenken...!

Nie, nie, nie würde sie das vergessen (und damit hatte sie recht), vor allem nicht sein Gesicht.

Immerhin, Gefasster Todesmut war einer der Ausdrücke, die dem Irrlicht besonders gut standen – gut, ist ja bei vielen so. Geb ich ja zu. Nur haben nicht viele dazu diese hell grauen, schwarz umrandeten, sowie zusätzlich noch aufwändig bewimperten Augen ...

...Die sich nun auf das Mädchen richteten: Ja, ja, Fengur war unglaublich wütend.

Er schämte sich; mitten in einer Lebenskrise blöd wie ein Brot einem Luchs vor die dicken Pfoten zu laufen, den man grad zum Spaß etwas toll gemacht hat, was jeder sonst fünf Kilometer weit hört, das war ja irgendwie schon recht schlimm. Aber, hier, das hier war schlimmer...

Ein halbes Dorf hatte das auch noch *gesehen*. – Und da hinten kam auch schon die andere Hälfte! (Der man sogleich erzählte, was grad so war.) Oh, ha! – *Richtig* peinlich. - Fengur hielt sich die Hände vor sein Gesicht. Er hockte auf dem staubigen Pfad…

Er beschloss, auf jeden Fall erstmal so sitzen zu bleiben. Dabei drangen Tränen unter seinen streifig verdreckten Händchen hervor ... unter anderem Tränen, denn seine Nase lief auch - was soll man sagen. Wut hat schon immer gegen Verzweiflung geholfen, und so war er trotz Gandurs Tod fast wieder der Alte. Leider brachte das nicht allzu viel: Nach all dem Verzweifeln war nun auch das Schämen ein zu harter Brocken. – Nee...

...Wie kann man sich derart blamieren! „Ach, der arme Kleine, der hat einen Schrecken gekriegt," hilfreiche Hände griffen nach ihm – und er heulte daraufhin noch viel schlimmer.

„GEH WEG DU STINKST," brüllte er.

Als er wieder was sagen konnte. Ja, ja! Das tat er. Sofort! Und man kann sagen, dass dies das Dorfvolk dann doch überraschte.

Pikiert^x ließ man von ihm ab, ja, ja -

- Ja. – Trotz der nicht ganz so fairen Aktion mit dem Luchs war das übrigens ein gutes Dorf, um endlich mal dazu zu kommen...

Der Wächter war ein netter Mann, der sich vom Mistsammler hochgearbeitet hatte, und extra dorthin gezogen war, um doch noch seine einzige Liebe zu kriegen. Die bekam, nebenbei sei es gesagt, auch bald ihr erstes Kind. Und das freute seine Mutter im Dorf nebenan, denn sein Bruder war nämlich sehr früh gestorben. Ja, und dann gab es noch die freundliche Schwiegermutter vom Dorfidiot, die mehr zu dem stand, als zu ihrem eigenen Kind, denn das war ein fieser Mensch, der in so einer Großstadt da wohnte - ein paar Kilometer weiter - -

Ferner gab es den Tontöpfer, den Froschzüchter, und, ja, auch die Hure, in etwa zwei Dutzend Leute - es war – ein Dorf, wie jedes andre, in Jener Welt. – Kurzum: Hier konnte das Irrlicht für *unser* Dorf schon mal üben.

...Ich meine, noch immer war diesem Mann mit dem Namen der Katze auch selber nicht klar, *was* er eigentlich übte –

Er wusste nicht einmal richtig, was er grad eben geübt hatte. Aber, weil er ja irgendwie so wie der Fengur war, hatte er einfach nur reagiert, und eindrucksvoll furchtlos getan, was getan werden musste. Jetzt aber schwankte er ein bisschen, obwohl er, wie erwähnt, inzwischen gefüttert war, denn der Luchs hatte ihn mit seinem letzten Hieb noch erwischt.

„Du liebe Zeit, du blutest ja," und so weiter - und schon griff ihn sich das adrette Mädchen, um ihm irgendeinen nassen Lappen um den Arm zu binden. Was aus hygienischer Sicht sehr, sehr fragwürdig war. – Aber gut gemeint. An und für sich.

An und für sich, und unter anderem - - geschieht ihm absolut recht, dachte Fengur gehässig; wir hätten längst zu Hause bei uns daheime sein können.

Und da würde auch Gandur noch leben, und alles!

Außerdem, wegen *dem* hat mich das alles so wuschig gemacht! Sodass ich mich hier blamiert hab, oh Mann; wären wir doch nur schon wieder weg, und hier alle tot, oder so. *Damit sich ja keiner an dieses schmähliche Patzen von mir erinnert* … Ja, süß; Fengur war überaus niedlich, wie alle Kinder.

Der verletzte Fremde indessen beugte sich während der überwiegend hilfreich gemeinten Handlung zur jungen Frau, wobei erstens sein Atem und zweitens sein weiches Haar die Wange des Weibchens kurz streiften.

Erwähnte ich schon, dass dieses Irrlicht äußerst gut roch?

Sie hielt dann auch seine Hand, während es später die Tollwutimpfung bekam (eine ekelhafte Sache, in jeder Welt) –

brachte ihm am Ende noch bei, wie man sich rasiert, und sie war verloren. - Na, das war sie ja vorher auch schon. Und nicht nur sie. Das halbe Walddorf begann, den kindsrettenden Luchstöter bis zum Abend zu feiern...

...Und dann gingen die alle ins Bett.
Und die andere Hälfte fing damit an.

Wie erwähnt sah der junge Mann mit dem gewinnenden Wesen ja auch hervorragend aus. Ausgeruht, munter, gesund ... ganz dunkle, halblange Haare, die nun auch glänzten - nur die fast neuen und sehr edlen Sachen, die hätten an anderen Männern vielleicht blöd ausgesehen. Aber man sah ihnen an, dass er sie nicht eitel schonte, dass er sich vor schwerer Arbeit nicht drückte. Und das macht sympathisch, bei jedermann.

Es zeigte sich ferner, dass dieses Irrlicht bei jeder Gelegenheit in unwiderstehliches Kichern ausbrach, und zwar in eins, das es buchstäblich krümmte. Man merkte sehr überrascht, dass es auch noch gut sang - und es tanzte fast die ganze Nacht lang mit der jungen Frau – mal abgesehen von der halben Stunde, in der sich die weinende Dorfhure an ihm verfing, um ihm ihre Lebensgeschichte zu erzählen. Eineinhalb mal, sie war sehr betrunken - ja, mein Gott! Es gewann sogar im Schweinslotto und im Fröscheweitspucken!

– Hat man manchmal!

Als das Irrlicht und Fengur die Leute dann wieder verließen, war es noch dunkel. Und das Dorf war noch still.

Und so blieb es auch. „Warum nur will ich immer und überall so derartig schnell wieder weg?" raunte der junge Mann, wie zu sich selbst. – *Keine Ahnung*, zischte der eifersüchtige Junge an seiner Seite ... *aber: Ein Glück.* – „Heh," sagte er laut, „Sieh mal, du hast ja nicht mal 'ne Narbe." - - Geschieht ihm absolut recht, dachte Fengur gehässig. Wenn wir erstmal heimkommen, dann fehlt das grad noch, dass der noch verwegene Narben mit nach Hause bringt! *Echt jetzt, ma, das reicht au s o...*

Ja, ja. Es reichte auch so.

Acht

**Dem Irrlicht passiert nun auch mal selber
ein gefühlsmäßiges Missgeschick, und
Fengur träumt wieder von Opas Geschichte.**

Fengurs Gesichtchen ließ Mimiken laufen, von denen Abscheu die netteste war... Zudem fand er´s doof, jetzt nur noch ständig zu laufen.

Man wusste ja, wer schuld daran war...!
Zwei aufgebrachte Waldtauben flappten lautstark davon, aber sonst war es ganz still. Fengur beruhigte sich wieder. Er bewunderte mit seinen noch etwas wurstigen Fingern die rote Erde, beziehungsweise, ihre gute Krümelstruktur - ja, hier gab´s roten Sandstein, und Fengur fand das als Steinfreund sehr toll.

Junges Laub lag zerknittert am Boden, als hätte weiter oben irgendetwas gehaust... Rumgetobt – gewütet, halt. Irgendwie, so. - - Na, wahrscheinlich nur Vögel.

Links und rechts vom Weg ging es sehr steil bergauf, sodass einem beinahe schwindelig wurde, sobald man zwischen all diese frisch belaubten und somit froschgrünen Buchen da guckte … was die beiden ab und zu taten. – Konnte ja sein, dass da mal ein Wildschwein dazwischen war. Oder, sagen wir, etwas Böses aus den Welten des Bösen, zum Beispiel; Monster, nicht wahr, oder seltsames Gezücht … aber, nein.

Das Rascheln kam nur von den Mäusen.

„Du musst au mal zusehen, dass du vorankommst mit deinen Stelzen, du kleiner Affe." Ein schwieriger Tag; das Irrlicht war nicht gut gelaunt - schließlich war es momentan auch nur ein Mensch! Wenn auch zumeist ein ganz seltsam netter. Es war nervös (was man in der Nähe von Wildschweinen oder von *Bösem aus den Welten des Bösen* auch sein sollte), und schon wieder hungrig. Ein komischer Vogel gab einen Triller von sich, und es schaute sich, etwas unsicher, um...

Nein, verwegen fühlte sich das Irrlicht nun gerade nicht. Da hätte sich Fengur keine Gedanken drum machen brauchen. Stattdessen begann es, sich ein bisschen alleine zu fühlen.

So mit niemandem bei sich, der es gern mochte.

Gute Voraussetzungen für die Dorea, die, ganz ähnlich wie am Vortag das Irrlicht selber, unvermittelt die Böschung herunter kam. - Weniger elegant, allerdings.

Sie sagte, „Huch, oh," und schlidderte, glitschte und schrie – und am Ende landete das Dingelchen in des Irrlichts Armen.

Nun war es *ihr* Haar, das *seine* Wange kurz streifte ... diesmal waren keine Verwundungen nötig, um emotionale Verwicklungen zu initiieren[xi]. Aber auch hier kam aufgeregter Atem hinzu, und auch in diesem Fall roch das aufgeregt atmende Lebewesen überaus schön. – Ihr weißliches Haar war wirklich sehr kurz, es fühlte sich etwas stoppelig an. Sie starrten, er lachte...

Na, wie gesagt, goldig, aber bei Dorea wirkte das erst einmal nicht. „Was gibt's zu gackern? Ich bin beim Pilzesammeln hier abgerutscht." – „Pilze? Jetzt schon?!" sprach Fengur.

„Was meinst du damit?" Sie war aus der Stadt.
Und eine Studentin. „Tschuldigung. Ich bin etwas dappich." Sie war etwas rot. Sie räusperte sich. – Sie lachte wirr. Sie schob das

Irrlicht ein Stück von sich weg. – „Ich wohne hier," erklärte sie.

„Ich meine, noch gar nit so lange … die haben alle gesagt, dass es hier besser ist, für das Kind. Ja, ich hab ein Kind! Ein richtig tolles. Leider spricht es noch nicht. Da hab ich von diesem fabelhaften Schamanen hier in der Gegend gehört. Der macht jetzt mit ihm diese Farbtheraphie (...ihr wisst schon). Hat auch geholfen! Er sieht jetzt so aus, als ob er gleich spricht – ey, was lachst du? Ja, ja, ich weiß, ich rede für zwei, wie ein Eichhörnchen plappere ich, ich weiß, ich bin halt nervös. Macht doch nichts! Wart ihr nie nervös? Na, kommt erstmal mit." – „Oh, ja," sagte der hungrige Fengur...

Das Irrlicht sah seinen Begleiter nicht an, es hatte nur Augen für die Dorea. Es folgte ihr, wie mit einer Schnur festgebunden.

– Sie. *Das wunderbarste Ding auf der Welt...*
„Huch, oh." Sie stolperte schon wieder. - Und der junge Mann an ihrer Seite kicherte glücklich, als er sie packte, und ganz sicher hielt.

Ja, kurz gesagt: Das Irrlicht musste nun auch mal selber erfahren, dass die Verkettung diverser Umstände beim Zusammentreffen mit den passenden Äußerlichkeiten zu bösartigen Emotionalen Fixierungen führt.

- Was man im Allgemeinen ganz anders nennt.

- - Endlich! dachte der Mann mit dem Namen der Katze.

Endlich weiß ich, wozu ich *bin*. Dorea – und über und über voll Sommersprossen. - Fengur musterte sie.

„Und wo sind jetzt nun deine Haare?" – „Jaa," sagte sie, und fuhr dem Kind durch die seinen. „Ich musste ja erstmal diesen Schornstein in Gang bringen, hier. Und danach waren sie fertig. Da hab ich sie abgeschnitten. Ist aber total gut. Praktisch! Ich hab ja sowieso kaum Zeit fürs Haarewaschen! Also, nicht, dass ihr denkt, ich wasch mich nicht. Ich mein nur fürs hinterher Trocknen, Bürsten, und alles, und so. Huch! Oh!"

**

„Ih, das war aber auch eklig. Ich hab das Gefühl, dass ich immer noch ´n bisschen Sand in der Schnutte honn ..." Nein, das wollen Sie jetzt nicht wissen, kurz gesagt, sie war schon wieder gestürzt, „Wie wärs, wenn wir nachher picknicken?"

Als sie Doreas Grundstück erreichten, konnten sie eine Wald-weide sehen. So eine ganz *kleine* Waldweide – an sich war das nichts weiter als zwei leidlich lindgrüne Hänge, mit einer Art Kuhle dazwischen, in der zwei dürre Ziegen die Schlehen benagten. Die wenigstens blühten. Allerdings nur in weiß.

Daneben ließ sich ein gewagtes Bauwerk erblicken, offenbar gestaltet von einem, der hier vor Einsamkeit durchgedreht war, und in seinem Wahn glaubte, er sei ein Chinesischer Skulpturen-baumeister... Oder, ein Koreanischer Designarchitekt –

...Nichts gegen all diese Leute, also, sagen wir lieber, das Ding sah aus, als wäre es den Hang da runtergerutscht. Ganz ähnlich wie seine Besitzerin. Und rein gekollert. In diese Kuhle. –

Immerhin, auch wenn es besagter Kuhle fern lag, so etwas wie ein idyllisches Tal oder sowas zu sein, war sie doch, durchaus hübsch, mit Schachtelhalm, Sumpfgräsern und dunklen Klee-büscheln bewachsen ... nach all dem Gestolper waren sie also angekommen, und jetzt sahen sie auch dieses Kind.

Es war ein Junge, wie Fengur. Nur, dass er, wie gesagt, wenig sprach. Also, überhaupt nicht; er guckte, wie erwähnt, bloß ganz stumm vor sich hin. – Dorea drückte und küsste ihn. Sie tat weiter so, als ob gar nichts wär... Nach all dem, was die zwei durchgemacht hatten, war die Stummheit des Kindes kein

Wunder. Aber lassen wir das, und dann picknickten sie.

Es gab – na, wir befinden uns in einer recht archaischen Version von Nordhessen, und deshalb will das jetzt niemand wissen. Denn das Essen ist dort richtig schlimm. Dorea gickelte und gackelte, und kicherte und plapperte... Sie erzählte munter die Geschichten von jedem einzelnen Stückchen Geschirr – überwiegend Erbstücke; überwiegend traurige Geschichten.

...Auch wenn sie stoppelhaarig ist, sinnierte Fengur, sie sieht *total* so aus wie eine Fee. Ob sich Feen und Irrlichter verstehn? (Also, anders als Irrlichter und - Menschen?)

Er vergaß ganz, dass er im Moment der einzige Mensch war, der sich mit dem Irrlicht nicht so verstand. Doch alle anderen...

Ja, ja! – Genau. - Sogar Dorea schielte soeben nach dem Mann mit dem Namen der Katze hinüber...

Mit der Konversation geriet sie aber leider stattdessen an Fengur. - „Was meintest du denn jetzt mit den Pilzen?" –

„Na ja! Die kommen im *Herbst*, und *du* suchst die *jetzt*." Das Irrlicht bedachte Dorea, die grad ihre Gegenattacke entwarf, mit einem tiefgründigen Blick. „Wir waren," sprach sie, „Aber damals mal irgendwo essen. Und da hatten die frische Pilze. Ich meine, jedenfalls waren die nicht getrocknet. Und *das* war *nicht* im Herbst -" Sie lächelte siegesgewiss. „Na, vielleicht waren sie eingeweicht!" rief Fengur; auch zu Haus in der Wirtschaft gab es zwischendurch Essen, und so kannte er sich mit Kulinarischem aus – „Wie, jetzt?" Ja, er missbilligte ihre ablehnende Haltung gegenüber seinen Auskünften sehr, feen-haftes Äußeres hin oder her - - „Also, die servieren aber doch keine *trocknen*. Und du musst auch aufpassen! Wegen der Giftigen..." – „Keine Angst, ich hab so ein Buch! Und ich nehm auch nie welche mit diesen *Schnallen!*" ...Lamellen[18].

---

[18] Schnalle: Weibliches Geschlechtsorgan bei hundeartigen Raubtieren.

Fengur warf ihr einen unfreundlichen Seitenblick zu.

„Na, jedenfalls, Pilze sind so für den *Herbst*. *Da* sind die dann da. Bis auf die Morcheln. Die stehn unter Eschen, aber die Apfelblüte ist ja noch nicht." –

„Apfelblüte? Wie, jetzt? An Eschen?!" Das Irrlicht bewunderte das Pochen einer kleinen Ader an ihrem Hals, und wie ihr Kinn beim Fragen ein wenig zuckte – ja, nun. Und sie hatte sehr schöne Ohren. – „Du *bist* aber auch ..." setzte Fengur unleidlich an, und besann sich dann anders; ach, es war besser, diese Sache mit dieser unbelehrbaren Frau so zügig es ging zu vergessen.

„Guck, so ist ein Geist," sagte er zu dem stummen Jungen - - er hatte sich das Picknicktuch übergehängt, und dann fing er an, samt Tuch auf der Stelle zu hüpfen. – „Und das ist jetzt ein anderer Geist..." – „Einer, der hüpft?" schlug Dorea vor.

Schon auf dem Rückweg sah der stumme Junge tatsächlich so aus, als würde er gleich irgendwas sagen. Auch ohne des Schamanen *Farbtherapie*! Und dann lächelte er, und nahm den Mann mit dem Namen der Katze an seine Hand.

Zu Haus dann, am Abend, werkelte und krokelte Dorea in einem finsteren Winkel, das nannte sie Kochen.

„Toll, was? Eine richtige Küche. Naja, fast richtig. Ein Fenster wäre schon schön (oder, wenn man mal aufrecht stehen könnte). Aber, ich sach immer, man kann ja nicht alles ha..." ...Doch, dachte das Irrlicht (das schon wieder nervös war, aber diesmal aus anderen Gründen). – Ich denke, das kann man.

Von m i r jedenfalls sollst du a l l e s bekommen.
...Was du nur willst! Dass dein Junge spricht, eine Küche mit Licht – Vielversprechende Gedanken, für ein magisches Ding, das ganz und gar aus solchem bestand. Ja, ja. – Ob es das wohl

hinkriegen würde?! - Dorea, die von solch wohlwollenden Wünschen nichts ahnte, berichtete ganz einfach weiter.

„Ich hab so bis neulich Germanistik studiert (da, in dieser Großstadt. Ihr wisst schon, Hirschhagen). Das ist mein Ding! Aber schwer. Weil, ihr Chatten habt ja *so* viele Götter...“ – „Na, die muss aber keiner auswendig wissen,“ Fengur jedenfalls schonmal nicht, „Wir waren gerade auf einem Jagdfest zu Ehren der *Jecha*…“(Eine üble Erinnerung ließ ihn erröten, und danach böse gucken, und außerdem etwas angestrengt schlucken.) „Nein,“ rief Dorea, „Wie archaisch! Das war bestimmt *toll*. - Huch, oh...“ Klirr. – Studenten. „Naja, es gab Würstchen,“ erläuterte Fengur, „...und hinterher waren viele betrunken.“

„Ich wollte mir schon als mal eine ganz große Pfanne kaufen, aber, ihr wisst schon. Ich hoffe, ihr mögt Kartoffeln? (Mag ja nicht jeder -)“

Völlig ohne Vorwarnung passierte ein ganz, ganz übler Moment totalen Schweigens, und sie hörte zu rühren auf.

Der Mann mit dem Namen der Katze trat hinter sie.

Er war aufgeregt; ungefähr so, als habe am Vortag *kein* andres Mädchen voller Begehren an ihm gehangen ... ja, nun. Schließlich war das hier was andres! Und inwiefern anders, darüber wurden schon Bücher geschrieben - - er hätte sie so gerne berührt. Aber das ging ja nicht.

Dann, dachte er, kriegt sie vielleicht Angst...
Aber da pickte sie plötzlich selber zu wie ein Huhn, im Versuch, ihn einfach zu Küssen. „Na, das üben wir noch,“ sagte sie, „Jetzt hab ich deine Nase getroffen,“ ...und dann übten sie noch. Während sich die schon genannte *Gefühlsfixierung* nun auch bei Dorea anbahnte. Wie das dann halt immer so ist!

Der Fengur hingegen schüttelte sich.
Und kümmerte sich um die Kartoffeln.

Na jedenfalls, die hatte ganz schön viel drauf, die Dorea, trotz ihrer sichtlichen Tollpatschigkeit. Aber, ob sie es auch drauf hatte, ein Ding, das aus Licht war, jetzt zu erlösen? Falls *erlösen* hier überhaupt das Richtige war? Im Moment fühlte sie nichts als das Gesicht des vermeintlichen Mannes an ihrem.

Sie küsste seine Augenlider, spürte seine Hände an ihrem Rücken, hörte sich selber ein ziemlich, ziemlich eigenartiges Geräusch machen, und ihre Augen gingen, ganz von alleine, halb zu. Ihr Gesicht fiel einfach so in die warme Kuhle zwischen seinem Hals und dem Schlüsselbein, und so blieben sie für einen ganz kurzen Moment zusammen stehen. Na, ja, gut: Es war ein langer Moment.
   Ein ziemlich langer, sogar.
Ja, ja. Später empfanden sie dann noch sensationelle Dinge an verschiedenen Körperstellen, über die man nicht so oft spricht, und die Exstudentin vergaß darüber fast mal den Jungen.

**

...Und der schien, am Ende der unvermeidlich folgenden Nacht, auch wirklich sehr tief zu schlafen.
   Dorea aber wachte irgendwann auf.
Sie war auf die schönstmögliche Art eingeschlafen, die es gibt – muss man nicht näher erläutern – und entdeckte den Kopf des Irrlichts an ihrer Schulter. Es lächelte glücklich im Schlaf. Es murrte leise, wie eine Katze. Sie streichelte es, ganz vorsichtig, und ohne es dabei zu wecken...
   Sie küsste es auch, und sah es sehr lange an. Und Sie dachte und fühlte dabei, was man bei sowas halt fühlt und denkt. - Ist so. Dann lief sie in ihre verräucherte Stube, um ungewohnt froh aus dem Fenster zu sehen. Und als sie endlich merkte, dass sie grad starb, sprang sie zu dem stummen Jungen. - *Wer soll*

für dich sorgen! Ja, das mit dem Ungewohnt Froh Sein hatte nicht lange gehalten. Nur kurz darauf waren das dann auch die letzten Worte, während sie das Irrlicht weckte und dabei ihren letzten Atem ausstieß: *Sorge für ihn!*

  Es lief zu dem Kind, doch es war zu spät.

**

Komische Sachen sah Fengur im Schlaf; Fäden aus Licht, die in die schwarze Erde rein wuchsen...

„Also, sag endlich, Opa. Warum holt denn nicht einfach jemand so ein Irrlicht hier her?" – *„Bei Gott und den Geistern, was weiß denn ich... Gut, gut! Weils giftig ist wie ein Höhlenwurm!*
  Und absolut und durch und durch schlecht.
Aber es selber weiß das ja nicht. Es ist ja eigentlich nett. Du darfst ihm nur keinen Namen geben, sonst wird es dein Abbild, und kommt mit dir mit." – *„Aber, Opa, das will ich ja doch..."* –

„Nein, das willst du nicht." – *„Warum?"* –

„`Warum´?! Weil das, was du vom Irrlicht siehst, niemals das ganze ist. So, wie du beim Schimmel nicht alles erkennst, [xii] *ist das, was du vom Irrlicht siehst, nur sein Licht.*
  Im Inneren aber, da bleibt es wie jenes Nachtgeflecht, das dort, wo es gewohnt hat, tief in der Erde im Sumpfboden steckt.
  Tausend Stücke aus reiner Nacht, die da in ihm leben!
Und jedes Mal, wenn es dunkel wird, wird es zu einem von ihnen. Und diese Nachtstücke, die fressen Seelen.
  Und ich sag dir auch, wie es das tut.
Immer, wenn das Irrlicht einen Menschen anrührt, verschlingt eins der dunklen Stücke in ihm dessen Leben. Solltest du es natürlich her schaffen können, ohne, dass es unterwegs wen

90

berührt, und wenn du es dann noch aus seinem Leib heraus zwingst, dann sind alle Schrecken für immer gebannt. Denn kein Eindringling aus den Welten des Bösen kann in ein Land, wo im Boden ein Irrlicht sitzt. Eins, das schon einen - N a m e n hatte...“

„Und woher weißt du das alles?“

„Keine Ahnung, ausgedacht. Und jetzt verschwinde, ich muss jetzt schlafen. Geh wieder runter, und nimm auch diese - diese ... K a t z e da mit !“

Komische Sachen sah der Junge im Traum. Ein leuchtender Wurm voller Mäuler, dem funkelndes Gift von Kristallzähnen troff. Nur Augen, Augen hatte der keine…
   Fengur fürchtete sich trotzdem kein Stück. Vielleicht, weil sein Opa dort bei ihm war. Der alte Wolf, der – Bärenfänger…

Aber Opa, das ist doch nur eine Geschichte!
   Die Miene des Kindes war im Schlaf furchtbar ernst.
Und, seltsam: Ausgerechnet dadurch konnte man ganz plötzlich sehen, wie sein Gesicht wohl in ein paar Jahren –
   Und dann öffnete es ganz schnell die Augen.

„Großvater?!“ Es war schon wieder fast Morgen.

Fengur hatte das Geknutsche nicht mehr ertragen; er hatte einfach im Garten gepennt.
   Selbstlos wie immer hatte er hierfür alle drei Decken genommen, auch die von Dorea, und irgend so eine Art Klappern hatte ihn nun geweckt. - Der Mann mit dem Namen der Katze rief irgendwas, oder besser, er schrie. Er riss an dem

91

klemmenden Fenster... „Fengur!" brüllte er, und irgendwas hatte seine Stimme zerstört. „Hol Hilfe, sofort, lauf zurück in das Dorf!" - Der Junge war durchaus verdutzt, und auch noch etwas verschlafen. Aber so ein verzerrtes Gesicht hatte er noch niemals gesehen…

Mit irrer Wut schrie ihn das Irrlicht jetzt an:

„*Verdammt! Nun lauf!*" - - Seine Augen waren glutrot. Es spuckte sogar, wie es so brüllte, und da erschrak Fengur mal wirklich...

Er bekam plötzlich Angst, wie noch nie.

Zitternd zog er Baggy Pants Schuhe an, das ging gar nicht richtig, er ließ sie halt auf, und Raging Fangs Jacke, und dann rannte er los – so gut das noch ging, mit dem sehr hohlen Gefühl in seiner Brust, das da auf einmal entstand...

Er fing an zu keuchen, was er selbst gar nicht merkte, und versuchte, sich zu orientieren. Bissige, eiskalte Furcht fraß in seinen Lungen - *Hier haben wir gepicknickt, und vorher sind wir im Kreis gelaufen, nachdem wir Dorea getroffen haben* ... „Oh, Mann," rief er laut. - *Ich glaube, wir kamen von d a!*

Das doofe Gefühl in seiner Brust verstärkte sich, und seine Beine waren ekelhaft weich.

Und schon kullerte auch er mal eine Böschung hinunter.

**

„Halt!" Der Junge stand auf der Straße, und hielt ein seltsames Vehikel an. Da drauf saß irgendein dicker Kerl, mit Latzhose und fortgeschrittener Glatze.

„Wo willst du denn..." …hin, so halb in der Nacht, die Worte blieben dem Mann auch gleich im Halse stecken.

„Hilfe, wir brauchen Hilfe. Es ist was passiert." Fengur war heiser, aber er konnte die Worte immerhin sagen, und der dicke Fremde drehte die kleine Dampfmaschine, und dann fuhr sie los.

Es roch schön, und die Schwarzamseln sangen. Es war ungefähr der Moment, wo so mancher erwacht, um in das Lächeln eines geliebten Wesens zu blicken, das man in genau dieser Stunde besonders gerne berührt; „Oh, Gott," sagte der Mann.

Das Dorf war seltsam still; ganz selbstverständlich nahm der Dicke den Jungen an seine Hand, und hämmerte gegen die erstbeste Tür. - „Heh, Hilfe! Wacht auf! Es ist was passiert."

Ja, genau. Da die Tür offen war, gingen sie rein, und da lag gleich im ersten Haus der tote Wächter, aus dessen Mund eine komische Flüssigkeit lief.

„Okay," sagte Fengur. Seine Hände und Füße kribbelten, kurz vergaß er, wo Oben und Unten war, und dann machte er sich in die Hose.

Nur ein bisschen. – Aber war auch egal.

Er fühlte, dass er ins nächste Haus reingehen wollte, es zog ihn da regelrecht hin. Es war, als müsse er es *unbedingt* tun...

Ihm wurde klar, dass er es *nicht* ertragen konnte, dort nicht *sofort* hineinzusehen, – *und er hätte das durchaus gekonnt* –

nahezu furchtlos, wie er nun einmal war.

Aber hatte er nicht gerade erst neulich von einem wirklichen Klingonen gelernt, dass zum Beispiel Kartoffeln viel wichtiger waren? Doch, hatte er.

Und deshalb ließ er es bleiben.

Und Fengur ahnte nicht, dass von allem, was er je tat, genau *das* das Coolste war – viel cooler noch als, sagen wir, zum Beispiel Sterben. - *„Lassen sie uns von hier wegfahren,"* hörte er sich dann sagen. Und genau das haben die beiden gemacht.

9.

**Das Irrlicht kommt nicht ins Gefängnis. Stattdessen bringt
es den Fengur heim. Dabei kommen sie durch Vockerode …
dann irgendwie so an Abterode vorbei, und bei Albungen
überqueren sie die Werra mit einer Fähre.**

Als der Arzt meinte, das alles sei niemandes Schuld, war das
Irrlicht nach drei Tagen schon wieder draußen.

Aus der Zelle. – Zuerst hatte es eher schlecht ausgesehen:
Immerhin: Es war momentan der einzige Fremde in dieser
Gegend... Im Lauf der besagten drei Tagen nahm es aber nicht
nur die Wärter ganz für sich ein, sondern auch den Richter, -
und so musste sich Helsa schon bald nach einem Ersatz für
diese Leute umsehen.

Und es durfte gehen. – *Niemandes Schuld.*
Kein Wunder, sowas...

Das sagten alle, betreffs des Dörfchens, und der toten Dorea.
Kein Wunder - bei all diesem seltsamen, neuen Gezücht!

Früher gabs sowas ja nie... Ja, ja. So war halt *Böses, aus den
Welten des Bösen,* wer weiß, wer weiß.

Was da noch alles kommt. - Das Irrlicht führte sich wie ein
Wahnsinniger auf, wegen dem Mädchen. Und es sah auch ein
bisschen so aus. Es hatte keine Lust zu gehabt, sich zu kämmen
und zu rasieren. Ja, was konnte man da schon – machen!

Gar nichts, gar nichts. Überhaupt *nichts*!
– „Fengur, Fengur!" rief man.

„*Das hab ich doch irgendwo schon gehört ...*" - Allerdings.
„*Du bist doch der Junge, den sie überall suchen!*" - Genau. –

Das Irrlicht beruhigte sich wieder; es meinte, es bringe ihn sicher nach Haus. *„Sie werden dir für immer dankbar sein,"* – Ja...

An sich war ihm das total egal. Es war noch immer ganz fertig. Aber, da es stets tat, was getan werden musste –

...Jetzt hatte es das Kind mit seinem Begleiter schwerer denn je. Es freute sich auf zu Hause, aber die sichtbare Verzweiflung des jungen Mannes konnte einem Siebenjährigen schon unheimlich werden. ...Gut, gut. Auch Fengur hatte einen Tag (oder zwei) um Dorea und ihr Kind geweint (natürlich nicht ununterbrochen) – und auch drei oder vier mal von diesem furchtbaren Dorf da geträumt. Aber das? Das fand er zu viel.

Der Mann mit dem Namen der Katze war nur immer ernst. Sein ganzes Gesicht sah aus wie eine einzige Bitte. Es flehte danach, zurückzukehren … an diesen Ort! Wo man in der Küche nicht aufrecht stehen konnte! Wenn er die Lippen nicht aufeinander presste (zwei trockene, entfärbte Striche), dann raunte er was, mit todmüden, blicklosen Augen.

...Dass man sowas Wundervolles einfach begraben muss, und, überhaupt: Das alles *passte doch gar nicht zu ihr.* Er zog die Mundwinkel zurück, wenn die Sonne aufging, sein Blick streifte gleichgültig all diese Blumen. Er starrte alles, was schön war, nur böse an. Denn es lebte ja. Und Dorea nicht.

Und dann wieder saß er minutenlang da, fiel in sich zusammen, sprach nicht einen Ton. Er stierte mit fiebrigem Blick auf die Wälder, als wäre noch dieses Mädchen darin.

- Um zu stolpern. Danach wischte er sich die Augen, und rollte sich zusammen wie eine Katze – um nach dem Schlafen so auszusehen, als würde er davon nur noch müder. Er aß und trank nicht, kein Schlückchen, kein Stück, und sah dennoch so stark und gesund aus wie ein junges Tier.

Gefangen in einem Leib, den er nun hasste.

Und das Schlimmste war, dass er Fengur jetzt behandelte wie einen sehr kleinen Bruder: Da, pass bloß auf den Brombeertrieb auf, - zieh die Jacke an, du bist geschwitzt. Und putz dir doch endlich die Nase...

„Das weiss ich alles doch auch," flüsterte Fengur. –
Der junge Mann riss sich zusammen, um für das Kind zu sorgen. Er sammelte Kräuter und kochte, er jagte mit dem Messer des Sohnes der zwei toten Alten nach kleinen Tieren.

Damit der Junge was aß. Und alles!

Fengur passte das absolut *nicht*. Er war aber ein bisschen eingeschüchtert - *zu* eingeschüchtert, von soviel Trauer – um laut zu murren. Dieser Mann da, der schwieg nun noch mehr, als er das sowieso andauernd tat. Und das machte den redseligen Fengur ganz wuschig...

– So kamen sie zu irgend so einer vollkommen verlassenen Hütte, und da legte sich das Irrlicht ganz einfach hin. Todmüde war es davon, etwas andres zu hören als Doreas Stimme. Vollkommen ermattet von der Unzumutbarkeit, überall etwas andres zu sehen als – *sie*.

Sie...! Hat es sie ... denn überhaupt je gegeben? Was, wenn sie nur einer von meinen Träumen war? Mein einziger Traum? Und jetzt habe ich ihn verloren...„Bitte, komm wieder mit!" rief Fengur. „Ich hab dich gemacht, um den Menschen zu helfen! Zu Hause haben doch alle Angst. Und die hab ich auch. Um Opa, und - um meine Mutter. Los hier, *komm wieder weiter!* Vielleicht passiert grad was Schlimmes mit ihr! Während du hier so liegst und blöd heulst. Du bist kein Mensch! Wie kannst du also so traurig sein? Du bist doch bloß ein magisches *Ding*... Und nur dazu gut, um -" Um die Hütte herum fingen die giftigen Akeleien an, ihre Blüten zu zeigen – blau, rosa und weiß, schwarz, lila und braun. Und so kam der Tag, an dem die Augen des Irrlichts zu funkeln begannen.

Es lächelte sogar ein klein wenig. Noch etwas müde, aber, es war ein Lächeln. „Wie geht es dir?" – „Ich habe Hunger." Na, das ist doch meistens ein gutes Zeichen. „...Glaube ich."

„Dann nichts wie weg hier," rief Fengur.

**

Der Kuckuck rief unzählige Male, und wen er damit meinte, weiß ich jetzt nicht. Außerdem gab es hier so viele Lerchen, dass man´s kaum aushielt, dieses Gelärme...

„Mann," rief Fengur, „So´n Krach, hier." –
Ein oder zwei Kilometer weiter war vom Dorf schon ein spitzer Kirchturm zu sehen, der hatte eine ähnliche Farbe wie die Stute von Jochens Frisör. Man hörte auch seine Glocken ... dort unten, zwischen den grünen und schwarzgrünen Flanken der verschachtelten Hügel, zwischen denen sich, in fast allen Welten, für gewöhnlich der Ort Abterode versteckt.

Im Hintergrund lagen blaudiesige Höhen, weiträumig angelegt – diesig, halt; – blau, wie gesagt. Und überaus schön.

Hinter denen ging es dann wohl nach Hause...

Dann wird alles gut, dachte Fengur. – *Hoffentlich* … das Kind hatte keine Lust mehr, und sein Irrlicht auch nicht. Trotz seines Wiedererstarkens hatte es sich verändert.

„Bist du sicher, dass deine Leute mich gernhaben werden?" Ach, Fengur war das völlig egal. - Oh, Mann! Es konnte quengelig sein wie ein ganz kleiner Junge! Und dabei war es ja doch ein Mann: Ein wieder anständig angezogener, einiger-

97

maßen rasierter. Der wieder einen *guten* Eindruck bei allen machte ... stets machen würde.

„Bestimmt," sagte Fengur, „Irgendeinen wirst du schon als Kumpel finden, nimm von mir aus den verdrehten Idiot." *Hn,* dachte der Junge. *Ich muss wenigstens so tun, als könnte ich ihn ganz gut ab…* „Also, das hier ist eine Birne," sagte er also, „…die da so wo da hinten blüht. Die sehen wie Eichen aus, aber voll so krüpplige ey. Und dann gibt es auch noch so grüne. Die schmecken nach <u>gar n i c h t s</u>; die andern sind dann voll rund, so, und haben ganz lange Stiele, darum legt Oma die ein. Und die andern gehen im Mund gleich kaputt, weil die dann süß sind, und die schmecken so irgendwie gut, und dann gibts noch welche, die haben so Flecken -" Fengur stockte.

Und über das schöne Gesicht des Irrlichts irrlichterte ein steinerweichend verlorenes Lächeln.

**

...Nur gut, dass die beiden auch schwimmen konnten!

Denn das Alter der Fähre wirkte sogar von weitem recht *hoch.* – Wäre das Irrlicht schon länger auf egal welcher Welt und der kleine Junge kein kleiner Junge gewesen, hätte wohl beide der *Verdacht* gepackt.

Der Verdacht, dass dies hier für die Touristen war. Für neugierige, junge Werwölfe aus Unserer Welt, die die Portale benutzten, um Krasses in *Jener Welt* dort zu sehen – auch der märchenhaft silbrige Bart des langmähnigen Fährmannes unterstützte die Theorie. Und tatsächlich glitzerten in seinen Augen zahlreiche Sprenkel der einheimischen Währung.

„Ja, toll!" rief Fengur. „Wir müssen da rüber…"

- Zum Glück hatte sich das Irrlicht zwei oder drei Tage lang oder auch fünf als Aushilfsgoldspinner verdingt.

Und dadurch waren seine Taschen prall gefüllt mit viel Geld.

Der erst so kaltschnäuzige Chef dort hatte das traurige Irrlicht nämlich schnell richtig gerne gehabt, und deshalb recht gut bezahlt. Auch die anderen Arbeiter behandelte er danach sehr viel netter ... übrigens. – So dass er am Ende ein sehr *guter* Chef war. Zugänglich, - gut, halt. Und inzwischen tot. Na, jedenfalls, seither hatte das Irrlicht gefüllte Taschen.

- Was ihm egal war, aber sie konnten den beflissenen Touristenfährmann bezahlen...

Immerhin! Wie erwähnt machte sein Pott sogar für die *Andere Seite* einen *sehr* alten Eindruck, selbst Charon selber hätte mit sowas keinen Styx überquert, ich meine, schon nicht aus Prinzip. Das Irrlicht stolperte, die Planken knirschten davon zum Erschrecken, und dann kam auch noch ein Dampfschiff vorbei... Oha, die Passagiere, die waren am Grölen. Sie zeigten sogar mit den Fingern, und Fengur streckte die Zunge heraus -

– „Ja, ja," krächzte der Fährmann der begrölten Fähre, und sah das Irrlicht grad an. „Die Gegend kenn ich! *Bring nur schnell den kleinen Bengel da hin!* Die machen sich schon Sorgen um den! - Vielleicht noch einen halben Tag oder zwei, und dann seid ihr da. Fast da, jedenfalls (bis auf die Sümpfe.) Nette Leute, wirklich. Wirklich, da müsst ihr dann noch durch den Sumpf, ist aber alles total toll ausgeschildert, richtig toll gemacht, ausgeschildert, und so, ach, habbich schonn gesacht, nè, wirklich, wirklich, kann gar nichts passieren. Außerdem hab ich zwei Grünwurmlaternen, am besten, ihr kauft mir eine ab." -

Und das machten sie - - und sie gelangten trotz allem fast trocken ans Ufer. Und ihrer Heimkehr schien nichts mehr im Wege zu stehen. Naja, fast nichts – denn diese nächste Nacht war wirklich sehr dunkel... Und sie verliefen sich, in den tatsächlich gut ausgeschilderten Sümpfen; ja, gut: So etwas konnte dort nun mal geschehen.

– „Bist du sicher, dass deine Leute auch wirklich nett sind?!"

Oh, Mann. *So richtig quengelig...* „Ach, bestimmt," sagte Fengur. Und überlegte... Vielleicht war es Zeit - vielleicht war es an der Zeit, diesem Irrlicht da eine *Chance* zu geben?!

Siljas Sohn bedachte es mit einem prüfenden Blick. Irgendwie - - brachte er es noch immer nicht ganz über sich … diesen, diesen – Kerl da zu … *mögen.*

Zu oft hatte der schon verschissen bei ihm. *Aber nun war er ganz kurz davor...* Allerdings fühlte er sich gereizt.

Und zusätzlich noch eklig müde.

„Wo sind wir eigentlich, war da ein Schild?" rief er grob –

„Wie, jetzt. *Du* hälst doch die Lampe!" – „Ja, und *du* bist erwachsen! Warum hast *du* nicht drauf aufgepasst?!"

Ach, ja. – Fengur schnaubte.

**

Ja, diese nächste Nacht. Die war schon sehr dunkel! Mitternacht war schon vorbei. Die dritte Stunde...

Der Dorfschamane - drehte sich um.

War da ein Geräusch?! Was bei Menschen vom Pelz übrig ist, das sträubte sich, in seinem Nacken.

So schnell er nur konnte lief er dann weiter, über die lichtlose Straße – lief zu diesem stockfinsteren Pfarrhaus da hin.

Er klopft verhalten; der Pfarrer macht auf.
Keiner von beiden sagt `Guten Morgen´...

„Etwas kommt," flüsterte der junge Mann, der sonst so bodenständig und rational, und heute so untypisch aufgeregt war.

„Nun, nun," sagte der Pfarrer. Und wurde unruhig.

Er folgte dem Schamanen durch seinen Garten, und lehnte sich gegen den Zaun; auch er spähte nun in die Dunkelheit.

Und auch bei ihm sträubte sich im Nacken der Rest vom Fell. Der Schamane rückte die Brille zurecht... Er hielt den Atem an, und den Blick auf die verlassene Straße gerichtet, aber dann sah er dem anderen grad ins Gesicht.

„Etwas kommt," sagte er. – „Ich merke das. Es ist auf dem Weg. Und ich glaube - ich glaube, es ist *dein Teufel*."

„Ja, komm, komm. Das ist doch bloß eine Allegorie." –

„Allegorie, Allegorie!" echote der Schamane.

„Was ist denn das für ein Spruch für einen Pfarrer?!"

Zehn

Fengurs Freund Tim tut was gegen sein schlechtes Gewissen,
der Jäger beschließt, was gegen den Bauern zu tun,
und überhaupt tut sich in den Sümpfen beim Dorf ziemlich viel.

Zur selben Zeit - ein paar Häuser weiter – hielt Fengurs Freund Tim es grad nicht mehr aus.

Er lief gleich los, denn er stand ja, wie gesagt, manchmal äußerst früh auf. Wenn es ihm so ging wie grad jetzt. – Der Junge schlug den Weg zum Bauernhaus ein. Und wie es sich manchmal ergibt, lag da grade das *ganz große Tier*.

Es stak unter der Gallischen Rose, neben der Bank - war eben erst zurückgekehrt, vom anderen Ende des Landes.

Tim kniete sich hin. „Morgen, Bärenfänger."

– „*Ja, ja*," dachte der große Wolf, „*Ist kalt, geh wieder ins Bett*." „Ach, ich hab ja die Jacke an," sagte der Junge. – Und setzte sich auf die Bank. „*Sie* haben aber große Pfoten..." Der Werwolf verschwendete keinen Gedanken, nur im Märchen gehen Wölfe auf so etwas ein. Stattdessen musterte er den Knaben genauer: Der war im Schlafanzug, und ungekämmt, und an der Stirn war ein sehr großes Schild befestigt, auf dem `Schlechtes Gewissen´ stand. – „...Ich meine, wenn sie verwandelt sind. Aber recht kleine Öhrchen. Niedliche Öhrchen - und sie riechen auch ganz anders als sonst. Aber nicht so wie unser Hund, sondern fast wie ein Marder...“ Na, bitte.

So schwer war das gar nicht, mit dem eisengrauen Viech hier zu reden. Immerhin, er hatte damit gerechnet, stattdessen an die Tür klopfen zu müssen, und dann einem richtigen Mensch gegenüber zu stehen. Aber so großer Mut wie der grad vom Tim wird oft mit einem günstigen Umstand belohnt, und so war der brave Bauer mit den sonst fast noch gänzlich kuhbraunen Haaren erschöpft, am Ende und auch verzweifelt, und von daher zum Glück noch in seinem Wolfsleib zu sehen.

„Na, spuck´s schon aus.“

Das klang nun in Tims kleinem Kopf lässiger, als der Werwolf sich gerade fühlte… Der Junge riss eine Blüte ab, roch dran, und lachte. Und fing an, ein Blättchen nach dem anderen zu essen.

Das dauerte ein bisschen. Denn es war eine sehr dicke Rose. Der Wolfskopf hob sich, und seine Augen (die sowieso schon etwas schmäler und schräger waren als bei einem anderen Werwolf oder Wolf) zogen sich noch mehr zusammen.

„Sag, was du zu sagen hast,“ dachte er, „Oder ich schüttele dich.“ – Ein Flüstern: „Ich hab´s Fengur versprochen, es keinem zu sagen.“ – „Ich versprech dir gleich ganz was anderes! Raus mit der Sprache, du Gnom.“ - Ja, der werwölfische Bauer hatte so seine Art, mit Kindern zu reden, zumal in Momenten wie diesem. Tim fing auch prompt an zu weinen, und so blieb das, was er eigentlich ausspucken sollte, noch für ein paar Minuten dort, wo es war. - Das ärgerte den Wolf offensichtlich.

Seine ganze Schnauzenhaut kräuselte sich, was ihm die Nase recht drollig verknautschte...

Er zerkaute ein paar seltsame, seltsame Geräusche (ob er nun auf diese Art fluchte, weil er nicht mehr daran dachte, zu denken, oder um den Sprachschatz des Kindes zu schonen, sei mal dahingestellt). Aber dann ging es los:

„Fengur holt ein Irrlicht, damit es die Dorfwächter bald leichter haben. Ich hab Angst gekriegt, weil das Eispferd tot ist" - und zu dem Zeitpunkt hatte er damit verdammt recht, „...Weil er ja nun alleine rein muss. In die Sümpfe, mein ich. Wo er ein Irrlicht rein tun will. Wenn er jetzt zurückkommt, vom *Höchsten Berg der ganzen Welt*..."" – Fengurs Opa entspannte die Lefzen, ohne das selber zu merken. Er wirkte dämlich, und auch entsetzt...

Sein Fang klappte auf; fast sah es so aus, als könne er reden. Besengleich sträubte sich in seinem Nacken das lange Fell –

„...Und ich achte hier inzwischen auf Silja," fuhr Fengurs kleiner Freund vertraulich fort. „Damit ihr auch nichts passiert."

„Na, da bin ich aber beruhigt...!"
- Tim lächelte und nickte, feinsinnige Ironie war ihm fremd.

Der Werwolf indessen keuchte gepeinigt. Er wühlte sich aus dem Strauch, war im Begriff, davon zu springen – kreiselte noch mal herum, und kam zurück:

„*Was hast du dir eigentlich ...!! Wir haben überall ... wenn er nun ...!! Ich werde dich ... du hättest doch ...?!*"

„Nein, eben nicht. Ich hatt´s versprochen... Nur wegen Gandur hab ich Angst gekriegt. Warten sie! Ich komme mit."

Das war ein sehr mutiges Angebot, denn in den Sümpfen war es nicht schön. Und so war es besonders spannend, auf dem Gesicht des Wolfes zu sehen, wie der Mensch in seiner pädagogischen Trickkiste kramte. - *„Und wer soll hier so lange auf unsere Leute aufpassen?*" dachte er schließlich (und ahnte nicht, dass er damit einen ganz ähnlichen Trick aufgetan hatte wie zuvor sein Enkel). – Oha! So viel Verantwortung hätte sich Tim gar nicht träumen lassen.

Doch er beschloss, sie mit Würde zu tragen.

Und das tat er dann auch. – Jahre später. Aber erst einmal fiel ihm noch etwas ein. „Und passen sie auf den Jäger auf, die sagen, der ist auf sie ziemlich böse...“ - - Die von Tim als so klein empfundenen Ohren waren sehr gut, aber das konnte der davon hastende Werwolf schon nicht mehr hören.

**

Schweigend lehnten sie beim Pfarrer am Zaun, im grünlichen Schein der Außenlaterne. Sich verdichtender Nebel umwaberte sie…

Ja, da standen sie gerade, der Pfarrer und sein junger Freund.

Ach, und da kam auch noch Malachi vorbei, der halb jüdische Mann von der kleinen Frieda, der, so lange man denken konnte, im beschaulichen Rahmen dieses hübsche, kleine Landwirt-schaftsding unternahm –

Allerdings grüßte der gar nicht. Nein, er lief einfach so die Dorfstraße runter - - dass die Erde dröhnte, während seine Augen glimmten wie glühende Kohlen. Und hinter ihm staubte es, denn er rannte wie ein infernalischer Blitz, aus dickem Fell –

Die zwei sahen sich an.

„*Fiuuu*,“ machte der junge Schamane, und hob die Brauen.

Und sein christlicher Freund, der bekreuzigte sich.

Nein, es wäre in dem Moment nicht sehr Nordhessisch gewesen, das Vorbeistürmen eines riesigen Werwolfes oder dergleichen noch weiter zu kommentieren. Und so verabschiedeten sie sich voneinander, und der Dorfschamane ging wieder heim.

Ja, trotz der Hektik dieser ungewöhnlichen Szene war es für die beiden ganz gut zu wissen, dass sich anscheinend schon irgendwas tat … bezüglich der bösen Vision. (*Natürlich* bezüglich der bösen Vision...! - so dachten sie alle zwei: *Weswegen wohl sonst ?!*) Und zwar von der richtigen Seite, also, von der des Dorfwächters aus. Der schließlich für so etwas zuständig war!

Ja, ja. Hatte das eisengraue Tier nicht ausgesehen, als könne es dem Leibhaftigen selber die Kehle rausbeißen?

War es nicht fast so groß wie ein kleines Pferd?
Der Pastor fühlte sich etwas getröstet.

Er blieb aber trotzdem gleich auf, weckte seine Frau, und machte sich erstmal Kaffee - und, nein, auch *das* war nicht so schön, wie sich das vielleicht liest, denn auf der *Anderen Seite* ist manches anders, der wird da aus Wegwartenwurzel gemacht.

**

Der große Wolf war auf der Fährte des Jungen.

Im Gegensatz zum Vater des Kindes wusste er ziemlich genau, wie Fengur roch… So strich er im fahlen Morgenlicht eilig dahin, mit dem Kopf dicht am Boden, und seine übliche Aufmerksamkeit ließ etwas nach – während auch der Revierpächter den schon erwähnten Nebel bemerkte.

Er beobachtete weiter den stahlgrauen Rüden, der immer, immer näher kam. *Ja, da kann man sich schon mal irren*, dachte der Jäger. Und, dass er danach schwören würde, er habe wegen der schlechten Sicht ganz einfach geglaubt, dass es irgendwas ... anderes war.

Sicher, er wollte dem Bauern nur einen Denkzettel verpassen.
– Nichts weiter! Er war ja nun kein … aber, wie gesagt:
Bei dem Nebel... Er spannte die Sehne, während die Pfeilspitze dem eisengrauen Wolfsrüden ganz langsam folgte.

In aller Ruhe.

105

Und da schob die graubraune Wölfin den Revierpächter einfach beiseite.

– Klein, aber kräftig.

„Ach, Bäuerin," meinte der Überraschte (so harmlos er konnte – er hatte sie natürlich sofort erkannt). „Komische Zeiten, vielleicht hatte dein Mann da schon recht: Ich glaub nämlich, da schleicht schon wieder ein *böses Tier*..." Oh, ha!

Nicht so bös wie vom Bärenfänger die Frau.

Die Wölfin knurrte, sodass dem Pächter ganz anders wurde. Und als er dann auch noch sah, dass ihr Tränen der Wut in den gelben Augen standen, glaubte er sicher, sein letztes Stündchen hätte geschlagen. Sie zitterte vor Anstrengung, ihren Wolfsleib trotz des aufbrandenden Hasses zu halten, und nur die Kraft ihrer Bestimmung verhinderte die Rückverwandlung in ein kleines Weib - doch dann gelang es ihr, sich zu fassen; immerhin, sagte sie sich, hätte der da ihrem verwandelten Mann kein Tasthaar gekrümmt.

Denn zur Not hätte sie sich einfach dazwischen gestellt.

Und diese Gewissheit beruhigte sie wieder.

Sie verzog die Lefzen, wobei sie ein paar sehr lange Zähne entblößte (und sah dadurch für Mitte Fuffzich schon beinahe *jugendlich* aus). – „Heh, Pächter," dachte sie.

„Ich glaub fast, du kennst *dieses Telepathieding da* von uns Werwölfen nicht! Ich muss nämlich sagen, du achtest nie drauf, dieses ganze *Kopfzeuch* von dir zu verbergen, wenn einer von uns in der Nähe ist." – Die belustigte Wölfin betupfte sich mit der Pfote die Stirn: „Ja, ja! Ist alles da drin, was du dir eben so schön gedacht hast! Und da bleibt es auch! Bis ich morgen früh bei unserem Vogt da ... na, du weißt schon, halt bei *Denen in Witzenhausen* da bin. - Und ich könnt mir fast denken, da wirst du dann für *etwas* länger in denen ihrem Diebesturm bleiben..."

– Heitere Aussichten. Sie hob den Kopf, und heulte.

Wie verabredet: Damit Silja auch zwischendurch hörte, wo ihre Mutter grad war. Es war ein einziges, recht kurzes Heulen…

Es klang nicht mal besonders toll, denn sie hatte das erst vor Kurzem gelernt – aber, es reichte.

„Huch, oh!" Natürlich blickte das Irrlicht, das sich jetzt mit Fengur in der Nähe befand (und auf das Doreas Tollpatschigkeit wohl doch ein bisschen abgefärbt hatte) irritiert auf.

Es geriet dabei auch gleich mal neben den Pfad, und im selben Moment versank es neben dem Weg im Morast.

„Was machst *du* denn," schnappte Fengur gereizt.
„Na, was wohl. Ich suhle mich, ist doch eine schöne Idee -" Auch Doreas Humor stak jetzt wohl in ihm. „Mann! *Das* ist ja jetzt blöd,"…in der Tat. „Du solltest doch aufpassen."
– „Ja, pfff …! Hilf mir lieber raus..."
Fengur war aber leider zu klein.

Und schon machte der ganze Rest von unserem Irrlicht Anstalten, auch noch hinterher zu rutschen -

...Ja, jetzt war es versunken.

Beinahe, jedenfalls. „Mensch, Junge," rief Fengurs Findling, „...was stehst du denn wie angewurzelt? So hilf mir doch! Ich will doch nicht ..."

Nein, man konnte sehr deutlich sehen, dass er das wirklich nicht wollte: Seine Augen veränderten sich; er war nicht mehr der, dem wegen Dorea alles ganz gleichgültig war. Nun war er einer, der weinte und schrie, der mit aller Kraft um sein Leben kämpfte. Wenigstens noch um eine Minute - zumindest noch um einen kleinen Moment – in dem er noch Licht sah, Luft bekam, und sich bewegen konnte... Er sah Fengur ein letztes Mal an, und dann war der ganze Kerl ganz einfach weg. - Naja, fast. Seine Hand klammerte sich noch an einen Stein.

Und das war (das erkannte Fengur ganz plötzlich) aber auch die letzte Gelegenheit … um das Irrlicht vor einem scheußlichen Ende zu retten. Denn dem ging es nun wirklich schlecht: Dort in der Tiefe die Augen zu öffnen war schrecklich, und bei seinem nächsten Versuch zu atmen füllten sich seine Lungen mit Schlamm. Erinnert es sich?

 Erinnert es sich an dieses Mädchen? Oder vielleicht endlich mal da dran, was es eigentlich war, nämlich ein … ein - - ein Magisches ... Ding?

 – *Sag es. Und ich erhalte die Kraft, mich selber wieder hier raus zu ziehen. (Ich … ich weiß das einfach -) -*

Dummerweise stand Fengur stattdessen wie zum Standbild erstarrt. War aber auch schwer zu begreifen, dass da jemand erstickt, der eben noch dumme Sprüche rauskloppt, na, jedenfalls. Er weinte nicht, er sagte es nicht, war unfähig, auch nur ein einziges Gefühlchen zu zeigen, und dadurch konnte er nur noch zusehen, wie zuletzt auch die Hand seines Freundes zügig versank.

 Und das Kind rief mit sich überschlagender Stimme den Namen der Katze; es warf sich zu Boden, und schob beide Hände tief in den Grund...

 Hätte der Versunkene noch zugepackt, wäre es das auch für Fengur gewesen.

- So ein Irrlicht, so ein magisches Ding, dachte der Junge (dass es eins war, fiel ihm grad erst wieder ein) – das konnte sich doch wohl … das würde doch wohl etwa nicht?!

 „Nein," schrie er.

„Nein, nein, nein, nein, komm wieder da *raus!"*

Da riss der große Wolf in der Nähe den Kopf hoch, und lauschte; er fuhr zusammen, als er sofort losstürmen wollte und das nicht tat – senkte den Kopf wieder, und prüfte mit der Pfote den Boden.

**

So, so, das Irrlicht! Da stak es nun drin. Und es gab ein widerliches Geräusch, als sich der eingangs erwähnte Riss im Multiversum davon wieder schloss, in einer Frequenz, die sowieso kein Mensch hört, und nie wieder kam ein wirklicher Schrecken...

Na, jedenfalls nichts, das schlimmer war als - sagen wir mal, ein Wisent - Dämon.

**

Der eisengraue Wolf trat lautlos hinter das Kind, um es mit der Nase zu stupsen.

Fengur griff mit beiden Händen in das struppige Fell.
„Er war mein Freund," heulte er, „Ich hatte ihn *so verdammt gern...*"

...Da war es heraus – und im Morast rumorte es plötzlich ein bisschen.

Wie gebannt saß Fengur da, und starrte, als griffen unsichtbare Hände nach ihm. – Die kupferfarbenen Augen des Wolfes wurden ganz schmal. Seine Tasthaare sträubten sich, während er die Blasen anknurrte... „Großvater, da! Was leuchtet denn da?"

„Sieh da nicht hin," - in Fengurs Kopf, die Stimme des Wolfs. – Der wich zurück. Und schenkte sich seine übliche Bemerkung mit dem Gott und den Geistern. „Steig auf. Na, los. Heute noch! Komm." Das Kind zog sich hoch. Und das eisengraue Tier rannte so eilig los, dass dem Jungen kaum Zeit blieb, nochmal über die Schulter zu gucken...

„Pass auf die Äste da auf. Duck dich, und *schau nicht zurück!*"

Das betäubende Lied der Frösche wurde noch lauter, schien tief aus der Erde zu kommen, und kroch wie eine schwere Schlange langsam in seinen Kopf. Es steigerte sich, zu dröhnendem Lärm - weil etwas darin mitschwang ... etwas, das lautlos nach Fengur rief. Unsichtbare Klauen wollten ein letztes Mal nach dem Jungen greifen, doch der alte Werwolf lief viel zu schnell.

**

Langsam löste sich der Kloß in Fengurs Hals: War schon witzig, so ein rennender Wolf, die waren eher schlenkerig, so in der Mitte... Im Gegensatz zu diesen kreuzsteifen Pferden, auf denen man wie auf Fässern sitzt, die Gedanken des müden Kindes wurden verwischt, und waberten bunt durcheinander.

Fengur wusste kaum noch, wo der beißende Schmerz herkam, der in seiner Brust saß, und in seinem Hals, der ihn gepackt hielt und ihn erfüllte, als – als wohne er dort. Und das schon immer … so, als sei das Leben schon immer so grässlich gewesen! Und das Weinen steckte in seiner Kehle wie ein rostiger Nagel, der einfach nicht wieder raus kommen wollte.

Warum?! Ach, das wusste er gar nicht mehr. Er war halt … einfach sehr traurig … ja, er war so - unglaublich traurig.

Als sie endlich, endlich aus dem Wald draußen waren, fiel der Wolf in einen langsamen Trott, und ließ auch den Kopf etwas hängen.

„Bist du müde, Opa?" flüsterte Fengur, und beugte sich vor. „Soll ich absteigen?" – „Ach, komm her jetzt, bleib oben,"

dachte der Wolf, und lächelte, was Wölfe ja schließlich können. „Halt dich nur fest; *die* paar letzten Meter schaffeme jetz au.“
   – Und das war der Fall.

**

Der neblige Morgen nach der dunklen Nacht machte einem ganz netten Sommertag Platz – na, wenigstens nett für Nordhessen.

   Die Häuser und Hütten des kleinen Dörfchens lagen verstreut in der Sonne, die heute nur langsam unter all diesen Nebel da kroch... Samael hörte auf, sich zu putzen, als er den Werwolf herantrotten sah.

Er glotzte scheel; dann sprang er mit lautloser Anmut über den Zaun, und Großvater Bärenfänger blickte verstohlen nach rechts und links, bevor er daranging, sich vor dem Verwandeln erst noch mal recht schön zu wälzen, woran er im Lauf der letzten Jahre irgendwie Gefallen gefunden hatte.
   Was ihm aber immer noch etwas peinlich war.

Und sein Enkel? Ja, der ließ inzwischen die einen oder anderen Begrüßungsszenen über sich ergehen, und danach schlich er betäubt hinters Haus.
   Und da ging er dann in sich...
Das heißt, er legte sich erst einmal hin.

Ja, da lag er nun.
   Zwischen all diesem Grünzeug.
Und schon schlief er ein.

Als er aufwachte, sah er auch Tante Sarina aus der Anderen Welt. Die saß schon die ganze Zeit da, mitten im Garten; ja, sie war wohl fertig, mit der Doktorarbeit.

Fengurs Lächeln war noch etwas bedröppelt, aber seine rauchgrauen Augen begannen zu funkeln…
Denn Sarina setzte ein kleines Tier vor ihn hin.
Das war hell golden, ganz so wie ihre eigenen Haare, allerdings mit einem Kupferton drin.

„Wuoch," sagte er, und ging in die Knie. „Ist der für mich?!"

„Wie man´s nimmt," meinte Sarina – „Das ist," sagte ihr dicker Mann, „...unsere jüngste Tochter, das Finchen."
„Sie hat sich beim Zahnen mal wieder verwandelt." Ein fröhlicher, wortloser Gedanke traf Fengur, und er schlidderte auf den Knien zu ihr hin. – *Spielen!*

Ihre silbernen Tasthaare sträubten sich ihm entgegen. Sie hatte ganz dicke, weiche, quietschrosa Pfoten, und einen außerordentlich runden, kahlen, ebenso rosanen Bauch, der komisch roch. Der Junge rieb sein Gesicht an dem ganz kleinen Hund, der gar keiner war, und schon fingen die zwei an zu toben.
Und das Finchen lächelte ihn glücklich an…
Mit lauter winzigen, schneeweißen, sehr spitzen Zähnen, die sie, wie alle Welpen, noch gar nicht so richtig unter Kontrolle hatte.

Wölfe

Wie schon im vorigen Buch muss ich auch diesmal sagen, dass vermenschlichte oder gar mystisch verzerrte Wölfe etwas ganz Grässliches sind. Ihr deswegen beim Lesen völlig schlechtes Gewissen besänftigen Sie bitte auch diesmal wieder mit einer Spende für Deutschlands richtige Wölfe, und zwar einmal mehr über **http://www.nabu.de/**

Ungeheuerlich!

Ähnlichkeiten des Ungeheuers bzw. Fengurs mit lebenden Personen kommen nicht grad von ungefähr: Einer meiner Freunde hat seine absolut waffenscheinpflichtigen Scheinwerfer, und ein zweiter seine unglaubliche Grinse zur Verfügung gestellt (wobei sie alle zwei weder besonders giftig noch schweigsam noch kleiner als Benjamin Wiggum sind).

Und das ist doch freundlich. Nicht wahr?

Also, falls ihr beim Schreiben auch mal was braucht – von mir, meine ich jetzt – meine eigenen Glotzorgane sind zum Beispiel auch nicht so schlecht. Und das, obwohl sie nicht mal so richtig nordhessisch sind. Sondern, zugegebenermaßen, arabisch.

Schriftstellerische Willkür

In der Nähe der Gemeinde Meinhard gibt es, zumindest bei uns, gar keine gescheiten Sümpfe, im Kaufunger Wald dagegen schon.

Als Fengur das Irrlicht holt, passieren einige richtungstechnische Improvisationen: So läuft er zum Beispiel erstmal in Richtung Kalbesee – und ist direkt danach in der Umgebung des Meißnerhauses unterwegs, um am Ende auf der Kasseler Kuppe zu landen.

Auf dem Meißner (wo ich auch gleich das Vornedrauffoto machte) wird man bei so vielen Hochsitzen schon mal klaustrophobisch, auch, wenn man sonst nicht dazu neigt. Und trotzdem, gleich zwei mal wurde ich da, ganz in der Nähe, von wildfremden Leuten einfach so angelächelt, was in unserer Gegend enorm und überaus bemerkenswert ist...

...Und deswegen ließ ich Benjamin Wiggum aus *Das Geheimnis der Kasseler Berge* auf die Gegend um Velmeden achten. So dass es dort nur den Schafsdieb erwischt.

Versteckt

Und genau da, beim Schwarzen Grafen, hab ich neun Werwolfsfilme versteckt: *American Werewolf (1981), Biss zur Mittagsstunde (2008 (?)), Wolfen (1981), Wolf (1994), Zeit der Wölfe (1984), Die Nacht der Werwölfe (2007), Sieben Monde (1998), Der Wolfsmensch (1941),* … und den letzten können Sie jetzt selbst noch mal suchen.

Religion

Als Religion des Herzogs von Kassel wählte ich die Lehre des Heiligen Olms, weil mich das Parkverbotsschild bei den *Bruchwiesen* in Simmershausen (wo ich zwischen laichenden Kröten und scheel glotzenden Osterspaziergängern bäuchlings das Hintendrauffoto machte) dazu inspirierte. Es zeigt so eine Art verärgerten Wurm -

Die Jagdgöttin *Jecha* habe ich mir bei den *Thüringern* ausgeborgt (S.88). Für uns/unsere *Chatten*[19] war sie natürlich niemand anders als die *Frau Holda* selber. Keine Kissen schüttelnde Oma, also! Sondern zuweilen auch die Anführerin der *Wilden Jagd*. Wenn Wodan grad keine Zeit hatte. Wollte ich nur mal erwähnt haben, so nebenbei. Na wie auch immer, ich entschied mich an ihrer Stelle für Jecha, und zwar zur Erinnerung an die spaßigen Feste des ehemaligen Motorradclubs von Sondershausen, wo einst ihr Heiligtum auf dem *Frauenberg* stand.

Macht

Unser halbgermanisch/märchenhaftes Paralleluniversum ist ja nun strenggenommen eine *Steampunk - Welt*. (Wozu es jetzt mal *keine* Fußnote gibt.) Deswegen haben wir die Machtstrukturen ganz grob

---

[19] `Die heutige Region Nordhessen bildet historisch das Kerngebiet des späteren Bundeslandes Hessen, nämlich das Siedlungsgebiet der germanischen Chatten, deren Name sich im Laufe der Geschichtsschreibung zu Hessen wandelte´ (wikipedia)

den realen *historischen* unserer Heimat nachempfunden. Dies wuchs auf dem Mist von Herrn Matthias Mally – der ja auch, wie gesagt, so nett war, unserem Irrlicht bzw. Fengur die Augen zu leihen.

Beim *Herzog von Kassel* handelt es sich natürlich um einen weiteren sehr guten Freund; ich fand es spaßig, ihn in einer anderen Dimension hundertfünfzig Jahre alt werden zu lassen, wenn ihn schon bei uns die Lungenentzündung dahingerafft hat – tja, Pech hat er da halt gehabt, mit dem verschluckten Stock. Und auch mit dem Olm! Aber, da kann man mal wieder sehen:

Die Toten können sich halt nicht mehr wehren.

Realitätsnähe

…wurde angestrebt durch die Verwendung zahlreicher unveränderter Originalzitate.

Sicher haben Sie bemerkt, dass wir ansonsten ein `entschärftes Nordhessisch´ vorfinden – ja, ja: Das weiß ich auch, dass es *Brocken* heißt und nicht *Sachen!* Aber ich hatte keine Lust auf weitere siebenundachtzig Fußnoten, und außerdem wäre es sonst an einigen Stellen zu lustig geworden, und das will doch keiner.

Denn das Leben ist schon lustig genug.

Finden Sie nicht?

Kassel, Mai 2010

116

Der Name Fengur ist isländisch. Er bedeutet `Geschenk´.

On the far side
of the farthest rank of the most distant cars
an ancient black Caddy was parked. It had been
beaten forth from assembly during a year when the
apprentice-engineers were indeed thinking big.
Huge it was, and shiny, and a skeleton's face smiled
from behind its wheel. Black it was, and gleaming
chromium, and its headlamps were like dusky jewels
or the eyes of insects. Every plane and curve shimmered
with power, and its great fishtailed rear end seemed
ready to slap at the sea of shadows behind it
on an instant's notice, as it sprang forward
for its kill.

`Devil Car´, Roger Zelazny.

Teil II

Eins

Dies ist das erste Kapitel, in dem völlig unerwartet das Pferd des Friseurs auftaucht.

Fengurs Miene war grimmig, im Schlaf. So wie immer.

Dazu passte nicht ganz, dass er zu klein aussah für das große Bett – es schien, als habe er sich so winzig wie möglich gemacht.

Wie ein Engerling lag er da ... bis auf das Zucken der Arme und Beine, die Engerlinge ja gar haben - man konnte sehen, dass er im Traum sehr beschäftigt war.

Weiß der Teufel mit was!

Erstes Tageslicht drang in die Stube. Laub war zu sehen, das zerkrümelt in seinen Haaren hing, und auch so manche Spur, die das Traumstrampeln offenbar hinterließ; ja, das vordem ganz weiße Laken sah inzwischen aus, als hätte man einen schmutzigen Hund draufgelegt.

Aber was statt dessen da lag, das machte nun auch noch leise Geräusche. Und zwar nicht irgend welche leisen Geräusche.

Oh, nein. Sie waren, so gesagt, richtig süß -

Ausgesprochen drollig, vor allem niedlich, all das, was Fengur in Echt gar nicht war, und erst als er hochfuhr wie ein alter Soldat, sah es fast aus, als wäre er ein kleiner Junge.

Das hielt aber nicht allzu lange.

Jeder hätte den Moment gesehen, in dem ihm einfiel, wer oder was oder wo er grad war; seine Züge veränderten sich.
  Sie glätteten sich. Und wurden zu Stein.
Er drückte nur kurz die Augen zusammen - so von unten, als habe er einen Kummer, von dem er annahm, dass es besser war, ihn zu übergehen – aber außer diesem Wetterleuchten passierte nichts mehr, auf seinem Gesicht.
  Dabei passierte darauf sonst richtig viel. Beinahe *zu* viel...
Besonders dann, wenn es an der Zeit war, die Überzeugung der Leute zu flicken, was für ein liebenswerter Dorfwächter er, Fengur, war.

Lautlos wie ein Tier huschte er in die Stube. Er stutzte, als das Finchen auch dort gar nicht war – dabei wusste er das.
  Es war ihm schon klar.
Die Werwölfin war wieder verwandelt. Verwandelt, und draußen, mitten im Wald... Für Dorfwächter wie Fengur und Finchen war das eine völlig alltägliche Sache.

… Eigentlich! Leise Wut packte ihn:
  Nichts war mehr im Wald, gar nichts.
Nichts, was dort hin nicht gehörte. Denn genau dafür hatte er selbst schon am Abend gesorgt. Der einzige Grund, warum sie nicht im Menschenleib und hier bei ihm war, das war er.
  Ärger stieg kalt in ihm hoch, als er an ihre ängstlichen Augen dachte - die nur ängstlich waren, wenn es um ihn, Fengur, ging.

Ja, ja! Statt stolz drauf zu sein, dass er hier dorfwächtern durfte, wollte sie immer nur, dass er *viel* besser *aufpassen* sollte. Unzählige Befürchtungen erfüllten sie ... und zwar genau die

Sorte Sorgen, die sich so fett macht, dass kein Hauch von Bewunderung daneben passt –

…Nicht mal ein ganz kleiner Fitz. Er fluchte, als sich die Scham zu ihm reinschleichen wollte, die konnte er nämlich nicht leiden... Ja, er hätte das Finchen ja trösten können. Beruhigen, und so: Ihr versichern, dass alles da draußen so schlimm gar nicht war, aber statt dessen hatte er ihr die Meinung gesagt.

Und wie! Sein Kopf sank herab, er schämte sich. Er guckte böse, und fluchte – da hatte er nun den Salat.

Er schlich zum Fenster, um ihren Namen zu rufen, und starrte stumm in die verschwindende Nacht. Es roch schön, und die Schwarzamseln sangen, was, wenn sie nun nie wieder kam?

Man konnte sich an so ein Weib schon gewöhnen.

Ungewohnt, hier so alleine zu stehen.

Er schob die Lippe vor, was, wenn doch was da draußen war? Was für ein Blödsinn, sich Sorgen um einen Werwolf zu machen, verwandelt war Fine so groß wie ein Pferd.

Wie ein kleines Pferd. Zumindest fast. Na jedenfalls. Er warf sich ein Hemd über, ging raus, und setzte sich auf die hölzerne Treppe.

Die hatte er grad erst gebaut, genau wie das ganze Haus. Immerhin, ihr erstes eigenes. In einem fremden Dorf, - weit weg von zu Haus, wo es sowieso schon genug Wächter gab.

Und was für welche...

Dazu muss man wissen, dass es für gewöhnlich *ein* Werwolf war, der Nacht für Nacht loszog, um sein Dorf zu bewachen.

Ein adliger Werwolf, der von Geburt an ein solcher war - so wie Fine. - Aber was war in Fengurs Heimatdorf schon normal? Dort gab es nur das, was geborene Werwölfe frech Falsches Werwolfsblut nannten. Komplizierte Geschichte:

122

Eine Tante hatte die andre gebissen. Als kleiner Welpe, halt so beim Spielen. Den Opa hatte die dritte der Tanten erwischt... Und der hatte dann noch die Oma geknafft - weil er nicht ganz allein hundertfünfzig Jahre alt werden wollte –

Ja, ja, man kann es auch übertreiben, mit dem Bewachen!
   Das hatte sogar Tim zu Fengur gesagt.
Und ihn, in aller Freundschaft (und außerdem auch noch im Namen fast aller), gebeten, mitsamt seines Finchens endlich zu gehen. Naja, nun.
   So ist das, wenn die Kinder mit den Jahren ein *klein* wenig schwieriger werden. Wenn dann was ist, will erst mal keiner mehr was von ihnen sehen... Weiß der Teufel, grübelte Fengur; - weiß der Teufel, wo Fine mal wieder steckt – der Morgenwind ließ ihn kurz schaudern. Zum Schulterzucken war er zu müde; er tat es im Innern, und schlief sofort ein.

Im Traum meinte er, an der Hand eine kalte Nase zu spüren, und dann war sie einfach so wieder da.
   Im Menschenleib. Im neuen Kleid...
Er schlug die Augen auf. Und sah mal wieder nicht, wie hart das für die Fine war.

Es war so hart für sie, seit all den Jahren zu wissen, dass sie, nur sie, halt *schuld* daran war.
   Hätte ich ihn nur nie gebissen! - Sie konnte sich nicht mal dran erinnern, weil sie damals ein Kind (also, ein Welpe) war. *Als Mensch*, so dachte sie ungemein häufig, *hätte er seinen Weg*

gehen können. I r g e n d e i n e n Weg...! – Für einen Werwolf jedoch, da gab es nur diesen.

Fengur liebte es. Sein hoher Rang, das Stöbern, das Bewachen, das Kämpfen, ach, es hätte nichts Besseres für ihn geben können, als irgendwo der Wächter des Dorfes zu sein.
  Dorfwächter, und Werwolf. Sowas mit rauhem Fell und langen Zähnen, einer, der Dämonen das Zittern und Wehklagen lehrte - herrlich, großartig, unterhaltsam und schön – halt genau *das Ding,* für einen wie ihn.

Finchen wusste genau, wie sehr er es liebte. Und, wie sehr er es hasste, es tun zu *müssen...* Zudem musste er ja für alles, was beim Bewachen passierte, Rede und Antwort stehen. Ja, genau:
  Ein Spaß war das nicht, wenn Werwölfe Dörfer bewachten.
Nein, es war eine ehrwürdige Tradition, in deren Rahmen man nicht etwa alles, was nicht koscher war, einfach umbeißen, verschubsen oder totreißen konnte...
  ...Was Fengur (der bereits mit vierzehn Jahren eine auswärtige Hobbypilzsammlerin drei Stunden lang im Teich interniert hatte, weil er sie für eine Todesfee hielt - - macht man ja nun au ma nit, beim Pilzesammeln als blöd zu grölen -) *manchmal* bedauerlich fand.

Und hier, in *diesem* Dorf, da war der Bürgermeister auch noch ein Fremder.
  Ja, oft hatte es Fengur ganz schwer. Und dann wäre Finchen am liebsten allen Bürgermeistern und Dämonen zugleich an die Gurgel gesprungen...

Ach, es ist m e i n e Schuld, dachte sie.

Du warst doch ein Kind – das sagte er häufig, zu ihr. Und dabei lachte er. - Was sie so mochte...

Mehr als irgendwas sonst auf der Welt.

Du warst ein Welpe. Ich mag es so sehr, hier mit dir und ein Werwolf zu sein... Finchen meinte zu wissen, dass all das gar nicht stimmte. Denn sie fühlte ja, wie sehr er unter dieser uralten Wahllosigkeit der dorfwächternden Werwölfe litt.

So, wie sie *alles*, was er spürte, fühlte – was nur *ein* Grund dafür war, warum sie es, wenn er zerrupft und fertig nach Hause kam, so ganz und gar nicht ertrug. - Das hasste sie.

Mehr als irgendwas sonst auf der Welt.

Finchen versuchte, so wenig wie möglich daran zu denken; der Schmerz, ihn am Ende der Kräfte zu sehen, schien ihr jedes mal wieder wie neu. Vielleicht, weil es immer wieder so schwer zu fassen ist, dass es einen so schlimmen gibt?

Nicht deine Schuld - ach, sie war jedesmal froh, wenn er das sagte. Derartig froh! Denn Schuld wiegt sehr schwer...

Schwer genug, um auch viel dickere Brocken als nur so ein Finchen ganz glatt zu zerquetschen.

Da saßen sie nun, auf der kleinen Treppe. Sie sah ihn noch immer nicht direkt an; sie konnte ihn auch mit geschlossenen Augen ganz klar vor sich sehen. Bis ins Detail. Sie mochte an ihm jedes Detail.

Und das *so sehr...*

Ja, das Finchen. Diese üble Gefühlsverstrickung, für die es in jeder Welt so schöne Worte gibt, war bei ihr von eigener Art. Fast schien sie über die übliche Kombination aus Grund-faszination und Erlebnis hinauszugehen, zudem sie ein Gesicht hatte, und zwar Fengurs Gesicht...

Aber vielleicht war auch das nur - Illusion.

Oder eine fette Psychose.

...Aber wie man sowas auch nennen mag – wann immer er da draußen war, und sie nicht wusste, wie oder ob er zurückkommen würde, spürte sie nichts als den Wunsch, mit ihm zu fliehen. Irgendwohin! Wo es keine Werwölfe und keine Dorfwächter gab – kein Grobzeug, kein Gezücht, keine wilden Dämonen... Fliehen!

Ein einziges Mal hatte sie es gewagt, vor ihm dieses Wort auszusprechen. Sodass er meinte, es sei doch erstaunlich, wie kindisch sie noch als erwachsene Werwölfin war. Alles in ihr wollte in *jeder* Nacht ´raus, - anstelle von ihm. Zärtlich, fast schüchtern fasste sie nach seiner Schulter. Er sah sie an.

Irgendwie sah er sie an.

Fine schudderte sich, nahm die Hand wieder weg, und lehnte sich gegen´s Geländer.

Sie schloss die Augen, war damit zufrieden, den Rostgeruch des jungen Werwolfs zu riechen, der hier in seinem Menschenleib neben ihr saß – „Un, war nix mehr, hn?" knurrte er.

Der Schock der Erleichterung nahm ihr für eine Sekunde die Sicht. „Nee, gar nix." – „Hätt ich dir sagen können. Die *dicken* Viecher hab *ich* platt gemacht. Wie gesagt." Endlich sah er sie wieder an. Und nun lehnte sie sich an seinen Arm...

Er atmete auf, als er das spürte. Anscheinend gab es heut gar nichts zu flicken. Hatte er sich nur eingebildet, dass sie auf ihn sauer war! Hatte er mal wieder Gespenster gesehen. Kein Wunder, denn sowas wie ein Finchen war nicht zu verstehen. Was immer sie fühlte, war nichts als ein Rätsel...

Ja, ja. Leute, die einen nicht mal dafür loben, dass man einen Dämon nach dem anderen verkloppt, danach auch noch ganz alleine lassen, indem sie in ihren Wolfsleib fahren, ohne sich vorher auszuziehen, als würden teure Kleider auf den Bäumen wachsen, und wie bekloppt in den Wald rennen, sodass wieder alle Leute doof gucken - und das, um sowas Sinnvolles zu tun, wie eine bereits erledigte Aufgabe nochmal zu erledigen – wer zum Teufel sollte sowas verstehen.

Trotz allem war er erleichtert. Zum Glück war sie anscheinend recht einfach gestrickt... Na, wie auch immer.

Eigentlich hatte er sie ziemlich gern. Manchmal, jedenfalls. Zum Beispiel jetzt - ja, gemessen an so manch andrer war seine Welt so ziemlich in Ordnung. Und die der Werwölfin auch.

Gibt schlimmere! Viel Schlimmere!

Finchen begann, ihn sehr glücklich zu küssen.

Er kicherte plötzlich; ja, und genau das war für Finchen jedes Mal so, als hätte sie es noch nie gesehen. Vielleicht, weil sie es immer wieder unfassbar fand, dass es etwas derartig - -

Das bremsende gelbe Pferd wirbelte eine Staubwolke auf, und dabei wieherte es auch noch. Wäre es eine Filmeinstellung gewesen, hätte man das mindestens vierzigmal drehen müssen, um es wenigstens *e i n* mal gescheit hinzukriegen, aber der Dorfschamane aus Fengurs Heimat, nicht wahr, der hatte das drauf - „*Spinnst* du dann!" – „Tach. - Euch geht's aber gut, hn?" Finchen errötete.

Das war sonst nicht ihre Art.

„Was machste dann uff dem Gull vom Frisör?" mährte sie.

„Hach," der Schamane schnappte nach Luft - tätschelte den Hals der alten Stute, während sich der Staub etwas legte, richtete sich auf, und spähte wichtig nach allen Seiten...

Fengur und Finchen sahen sich an. - - Als der Schamane ganz sicher war, dass er auch wirklich wichtig nach allen Seiten

127

gespäht hatte, und dass das auch wahrgenommen worden war, stieg er hurtig ab.

„Denk an deinen Rücken." – „Halt´s Maul."
Fengur und Finchen grinsten sich an.

Solch Frohsinn sollte ihnen jedoch vergehen.

So gingen sie also alle drei rein. Fengur holte den Krug mit was Komischem drin, als wär das normal: Morgens um Fünf alte Nachbarn bewirten. Aber was ist beim Erscheinen eines Schamanen denn schon normal?

Der Ankömmling warf dem Besitzer und Erbauer der Hütte, der ihn auch im Sitzen glatt überragte, einen prüfenden Seitenblick zu. - Das mit den dünnen Armen hatte sich durchaus erledigt; von dem möcht ich keine gelascht kriegen, dachte der Mann. Aber auch die Spuren des Abends waren noch gut zu sehen... Kommt davon, wenn man nach einem Streit mit der Fine ohne zu baden in die Federn rein geht!

Na, dachte der Schamane, dieses Raubein guckt nicht so oft in den Spiegel. Und das stimmte sogar (obwohl des Schamanen Exnachbar nicht oft so derart verwildert wirkte): Als Kind war Fengur oft dreckig gewesen.

...Und vielleicht hatte er jetzt heimlich Angst, was er beim Betrachten erblickte. Aus dem Grund ging das Kämmen auch ohne Spiegel, und selbst beim Rasieren sah er kaum hin - manchmal ließ er´s auch einfach sein... Der Dorfschamane fuhr damit fort, Finchens Mann scheel zu beglotzen.

Erstmal ein bisschen Atmosphäre schaffen!
Immerhin war man ein Schamane.

Leider gab er als erster auf: - „Na, seid ihr gar nit neugierig?" – „Du quasselst doch meistens noch früh genug..." Der Schamane knirschte mit seinen Zähnen … *na, d a s kommt vom Richtigen...*

Finchen grinste. „Nun sei nicht beleidigt, acht nicht auf den, und schieß los." – „Na, gut. Schon gut. - Fine. Erzählt er dir - denn nichts … von seinen Träumen?"

Fengur überlegte kurz, ob er einschnappen sollte, weil die so taten, als sei er nicht da; er zog die Lippe zurück. So, wegen der werwolfstypischen Bestimmungsträume war der gekommen?

Nur ein Werwolf, der im Traum seine Aufgabe sieht, kann sich verwandeln, wann immer er will. Und dabei auch den Verstand behalten. Passiert das nicht, wird er bei Schmerz oder Vollmond zum gewöhnlichen Tier, ist also, kurz sei es gesagt, als Dorfwächter nicht zu gebrauchen.

„Ach, Quatsch," sagte der Schamane, „Bestimmungstraum, quatsch, nee. Das weiß ich doch, dass ihr die hattet. Und was geht uns Menschen n´ Werwolfstraum an?"

Fengur nickte selbstgefällig, was Finchen kritisch beguckte. „Nein," sprach der Schamane nun weiter, diesmal an Fengur gewandt - „Ich red von was andrem. Hast du im Traum mal ein *Licht* gesehen? Ich meine, ein seltsames? Buntes?"

Finchen schlug sich die Hand vor den Mund, und auch der Wächter wusste mit einem Mal, was der Gast aus der Heimat wohl meinte.

„Was hälst du davon, wenn du mal von vorne erzählst?" - Und das tat er dann auch, der dickliche, bebrillte, nun über vierzigjährige Mann. Und berichtete von seinen Schamanischen Reisen … die er im Schlaf unternahm - also, unternehmen *musste* – schließlich war das sein Job - ein überaus abenteuerlicher Job, übrigens, über den er gern viel öfter viel mehr erzählt hätte - ganz vielen Leuten – aber, - - hörte ja sonst keiner zu –

„Liebe Zeit. Komm zum Punkt."

„...Na, jedenfalls. Ich konnte und *konnte* im Traum nicht zur Quelle[20] kommen. Egal, wo lang ich auch flog..." –

„...Zur *Quelle*. Die iss bei uns hinnerm Haus... Ich meine: Wenn man schonmal fliegen kann, da wüsste ich aber *Besseres*..." –

„Herrgott nochmal, das ist bei uns Schamanen halt üblich. Oder willst *du* den Kontakt zu den Oberen Welten verlieren? Bloß, weil dein Geist woanders rumspuken will?!"

„Pffft. Würde mir im Traum nicht einfallen -"

- Ironie war etwas, was der Schamane nicht mochte. Schon gar nicht, wenn sie so grobschlächtig war; „Jaa," sprach er also weiter, „Apropos Träume. Zurück zum Thema! In *keinem* kam ich zur Quelle... Egal, welche Strecke ich nahm. Ich landete immer wieder bei *uns*. Und zwar *bei den Sümpfen*... Also, ich flieg dann jedes mal so los, und (es ist wie verdeppelt), ich komme *genau d a* an. Jedesmal! Und, irgendwann bin ich dann doch mal stutzig geworden, und hab mir alles gut angeguckt. Und bin drauf gekommen, was da nicht stimmt. He, Fengur. Horchst du auch zu?!"

Oh, doch, der junge Dorfwächter horchte… Und wurde auf grausige Art an die Träume aus seiner Kindheit erinnert.

---

[20] Ein bei Schamanischen Reisen recht gängiges Ziel, das uns hier nicht interessiert.

Ja, ja, grausige Arten kamen ihm recht, er war nicht so leicht zu erschüttern. „Kenn ich," meinte er also, „Hab ich schonmal gesehn, so´n Wurm. - Im Traum. Der *Giftige Höhlenwurm*..."

...Da schwieg der Schamane, untypisch verwirrt; das hatte er jetzt nicht erwartet. Er wedelte schnell mit der Hand, um seine zwei Gastgeber ruhig zu halten. Denn sowohl das Finchen als auch der Mann holten schnappatmig Luft, um seine kurze Schwäche zu nutzen – „Ja, ja," rief er, „Gleich könnt ihr! Gleich könnt ihr losquasseln! Ich bin noch nicht fertig! Die Hauptsache kommt noch!" – „Dann raus damit..."

„Naja, kurz und gut: Ich denk mir jetzt, irgend ein Idiot muss bei uns in den Sumpf ein *Magisches Ding* reingetan haben."

Er wartete die Wirkung kurz ab (kurz genug, um nicht aufs Neue des Wortes, das er grade mal hatte, verlustig zu gehen) - „...Und ob das nun giftet, höhlt oder wurmt, sei mal dahingestellt," sagte er dann, und war selbst etwas giftig. Wahrscheinlich eifersüchtig, dass Fengur einen Teil des Traums selber kannte – „...So gut kenn ich mich nit damit aus. Auf jeden Fall war das eine *Magische Tat* (noch dazu von einem Amateur ausgeführt). Und die hat das Spektrum des Ortes verändert. Gewissermaßen grob manipuliert! Und das ist," Er bedachte Fengurs Gähnen mit bösem Blick, „...halt *nicht so gut*. Um es kurz zu machen. Um es mal *für euch* ganz kurz zu machen..."

Fengur schluckte. Offenbar fiel ihm soeben was ein –

Er wirkte ein bisschen erschüttert. - „Junge," sprach der Schamane mit ganz anderer Stimme, und beugte sich vor,

„*Du bist doch nicht etwa beunruhigt...?*" –

„Meinst du, es ist wirklich da drin? Meinst du denn, alles stimmt?" fragte Fengur. Er klang plötzlich leicht dämlich (denn das Gähnen war ihm im Hals stecken geblieben): „Ich meine -

131

ich wollte sagen, meinst du - *es kommt wieder da raus?!*" –
„Wie, was?" machte der verdutzte Schamane, „*Was* kommt wieder da raus?" –

„Das Irrlicht," sprach Fengur, mit steinkalter Stimme...
Und in seine kleinen und leicht schrägen Augen stieg, schemenhaft wabernd wie geschmolzenes Blei, ein dumpf schwarzer und außerdem rauchiger Schatten.

Ein Dämon, den selbst er nicht bezwingen konnte –
Wen wundert´s, dass einer wie Fengur von so etwas träumte.
   Typisch für Leute, die derartig viel von sich erwarten, ach, was fällt denen nicht alles ein.
   ...Und bei Fengur, da ist´s halt ein Irrlicht -
- - dachte das Finchen, wann immer er ihr den Traum erzählte.

Was solls, dachte sie dann jedes Mal. *Ich hab auch sowas. Ich träum´ häufig von...* Na, was Finchen oft träumte, sei mal dahin gestellt. Auf jeden Fall hatte sie ja gar keine Ahnung.
   Sie hatte ja gar keine Ahnung, dass sie sich genau *darum* mal hätte sorgen sollen. Statt um alles andere...
   Aber, ich meine: Wer glaubt schon an ein Irrlicht?
Das tut, im Allgemeinen, nicht mal ein Schamane.

„Hn," machte der nun, nachdem er sich des Wächters Irrlichter-traum angehört hatte, „Klingt mir jetzt nicht nach ´ner echten Vision. Eher so ein Allegorisches Bild. Von deinem Unterbe-wusstsein... Fühlst du dich vielleicht überfordert?"
   Fengur würdigte die Unverschämtheit nicht mal mit einem abfälligen Blick. Fine musste sogar kurz lachen –
   - Ihr Mann hob eine Braue, wofür er sie, wie stets, mittig knickte. „Bei Gott und allen Geistern," sprach er, „Das ist mir, bei Wodan, schlicht sch...egal, ob das nach Visionen klingt. Fakt

ist, *w e n n* es stimmt, hab ich dort also (- - eh, was hab ich da nochmal?)" –

„*Den Charakter des Ortes verändert*," soufflierte der Schamane geduldig, „... ein *Magisches Grundecho* ausgelöst." –

„Genau, mein ich doch. (...Und was macht das nochmal?)" –
„Eh - ja. Das hat das Wesen des Ortes verbogen, was einerseits sehr richtig dazu führte, dass verbotene Tore geschlossen und fremde Dämonen ausgesperrt wurden, anderseits aber zu unerwünschten Nebeneffekten... " –

„Ja, gut! Und die muss *ich* wieder geradebiegen." –
„Genau. Das wäre nett. Du bist eh der Richtige dafür. Irgend jemand muss dieses Magische Ding - also, das - - *Irrlicht...*"

...Mitten in des Schamanen Rede wurde dem Finchen auf einmal klar, was eigentlich grade passierte, und sie machte sich hoch. –
„Wie, jetzt?!" schnappte sie.

Oh, ha: Ein blöder Moment für sie, zu bemerken, dass es grad brenzlig wurde. Der Schamane war so schön in Fahrt, und nun kam sie an, und wollte Ängste um ihren Ehemann äußern...

Kopfschüttelnd sah sie Fengur an:
„Du kannst doch nicht einfach hingehen und dich anlegen mit..."
– Mit roher Gewalt entriss ihr der Schamane das Wort, „Fine, bitte! Sein 'nen Moment still (du kannst ja gleich) ... also. Irgend jemand muss das Magische Ding entfernen, den Ort wieder gerade biegen, und dann am besten das Magische Ding wieder 'reintun. Aber bitte diesmal ganz professionell."

Finchen atmete schwer, und überprüfte mit einem Seitenblick, wie gut es Fengur schaffte, beim Nicken ganz professionell auszusehen. „...Es darf," fuhr der Schamane schnell fort, „aber nur keiner merken. Sonst wird am Ende noch *Angst* ausgelöst."

– Fengur prustete schon wieder: „Haben die nicht immer

Angst?" ...Das gemeine Volk? Der gewöhnliche Pöbel? - Der Schamane rückte an seiner Brille. – „Ehm, - vielleicht. Nur darf es diesmal *echt* keiner merken. Was da passiert. Ich nehme mal an, das wäre echt schlecht für die Leute! Denn ganz ähnlich, wie das Irrlicht in deinen Träumen durch Emotionale Berührung Leben entzieht, so ernährt sich dieser verkorkste Ort..."

Die beiden Hörer glotzten sehr blöde -

„Also, ein *Ort mit verbogenem Wesen* kann alles tun (so rein theoretisch)! Euch eure Kräfte rauben, zum Beispiel. Oder euch seltsame Dinge vorgaukeln… Und so weiter. Na, ja. Und dieser - dieser, dieser - - *dieser* kann sich zu allem Überfluss auch noch von *Beunruhigung* nähren... Kurz gesagt: Er frisst Angst."

Fast hätte der Dorfschamane gegrinst, das war noch nie da:
Fine *und* Fengur schwiegen, obwohl sonst keiner sprach –

Aber dann stellten sie lautstark sämtliche Fragen, die man in Momenten wie diesem so stellt.

Zwei

Fine ist in einer misslichen Lage, und Tim ist schon wieder besorgt.

Die Häuser und Hütten des kleinen Dorfes lagen verstreut im Geniesel. Neunzehn Uhr abends - und etwas Regen, und Fine merkte, dass sie nicht allein mit sich war.

Ist das nicht niedlich, eine junge, werdende Werwolfsmutter!

Sie fluchte abscheulich. - „Gehts noch?! Du hörst dich ja wie der Großfatter an." – „Ach, ich hab mich doch nur gestoßen..."

„Na, dann gehts ja. Ich geh jetzt los." - - Ausgerechnet, dachte sie. Ich wollte... Ich muss doch. Ich kann nicht … oh, *nein*.

Man stelle sich vor: Ein richtiges Kind. - Ein *Kind,* von – *ihm*... Herrlich, herrlich, ganz wunderschön. Ach, wie sehr sie sich das schon immer wünschte! Ja!

Da hatte sie nun den Salat!

Fast ein Jahr lang kann ich mich nicht mehr verwandeln...

Es fehlte nicht viel, und sie hätte gefiept. Hektisch knabberte sie an ihren schmalen, braunen Handgelenkchen herum. Fine merkte es, und ließ es sein; typisch, solche Sachen, bei geborenen Werwölfen, kann man nichts machen, hat man auch manchmal bei Kettenhunden... Als nächstes kaute sie an ihren Nägeln, - was zwar besser zum Menschenleib passte, aber auch nicht viel schöner war. - Lange, lange Monate, in denen sie eben *nicht* einfach so hinterherstürzen konnte, um Fengur notfalls zu retten! Sie erkannte in sich aufsteigende Panik, und schubste sie rüpelig raus: *Verdammt.* - Lässig bleiben, ausufernde Furcht konnte sie nicht gebrauchen - - sie riss sich zusammen, und sah Fengur an, mit überzeugend entspanntem Grinsen.

Der guckte aber grad gar nicht.

Der packte gerade ganz selbstvergessen.

Er pfiff, und vergaß von manchem die Hälfte - von anderem nahm er das Doppelte mit, und dabei redete er laut mit sich selber. Leise und glücklich sang er Zeug vor sich hin, und Fines Befinden wurde davon noch schlimmer.

Was, wenn dies hier zu viel für ihn war?!

Immerhin, es ging um ein *Irrlicht* (was immer das war).

Dass einer, der dem Todfeind entgegen geht, sich derart possierlich verhält... Ja, ja! Sowas hält man kaum aus! – Mit großen Schritten lief er hin und her, schnappte sich die alte

Tasche, und legte sie wieder weg. Dann rollte er den Schlafsack zusammen, um ihn von Zimmer zu Zimmer zu tragen – Fine versuchte, nicht umgerannt zu werden.

...Immer wieder erstaunlich, dass Fengur das mit dem Packen flott schaffte, denn seine Technik war nun mal eigen; das Weib rang die Hände: Sein Bündel war fertig gepackt.

Er merkte nicht, dass sie nichts von ´Im Notfall Hinterher-kommen´ sagte - - nee, nix, diesmal.
   Ja, ja; Rührselige Abschiedsszene, und so –
Na, nicht in der Gegend. So rührselig also nun wieder nicht.
   Also, auf alle Fälle: Da ging er.
Und Fine blieb winkend am Hauseingang stehen.
   Tja. - Dann ging sie rein, nahm den nächstbesten Topp, und schmiss ihn in schierer Wut gegens Fenster.

Nach Sommer duftender Walddunst hing in der Luft, sodass es fast lästig war, und die Nachtschmetterlinge waren am Tanzen.
   Zudem war es stockfinster, und die Schwarzamseln sangen...
Als Fengur in sein altes Heimatdorf kam, stand der Bürger-meister draußen am Zaun.

„Tach. Wie siehst du denn aus?" – „Tach! Was bist d u dann schon munter?" - Der werwölfische Dorfwächter deponierte das rechte Bein schwungvoll links, nahm die Hand an die Hüfte, und pflanzte die andre grad auf das Tor.
   – „Ich hab dir wohl gefehlt," - Ja. „Hast wohl schon gewartet,"
In der Tat, das hatte er.

Wie immer in solchen Fällen war der Bürgermeister ganz grauenhaft früh aufgewacht.

Der letzte Kurzbesuch des Schamanen hatte ihn nämlich davon überzeugt, dass nun alle draufgehen würden.

Er neigte sonst nicht dazu, sich unnötig Sorgen zu machen; wenn es ihm so ging wie grad jetzt, dann hatte das seine Gründe. Und so war er froh, Fengur wiederzusehen...

Erstens hatte er diesen sehr gern. Und zweitens:
Wer außer dem sollte nun alle retten?! Zum Beispiel auch ihn?

Er guckte hoch, um seinem Freund in die Augen zu sehen.
„Bist gleich hergekommen, nè?" – „Joh."

„Stimmt das denn? Was der Schamane so sacht?"
„Wär ich sonst hier (wo du doch gesagt hast, so einen wie mich könnt ihr hier nicht gebrauchen)?"

Jetzt hat er Schiss, dachte Fengur. *Jetzt ist er froh, mich zu haben...* Er entschied sich dafür, dergleichen nicht zu erwähnen. War besser, erstmal sehr nett, und einfach nur Tims Kumpan von ganz früher zu sein. Und so kniff er die Augen ein bisschen zusammen ... und erzählte dann schnell die gesamte Geschichte.

Kurzum: Er weihte den Tim - ganz einfach ein.

„Der Sumpf *will*," raunte er, „...dass die Leute sich fürchten. Wenn einer sich ängstigt, dann wird es gefährlich. Und darum darf´s auch rundum keiner wissen. Also, erzähl all das keinem! Nicht meiner Mutter, und, auch nicht *Du Weisst Schon Wem*..."

– Bei Odin, Gott und allen Geistern!
Der Bürgermeister des Dorfes hätte sich lieber von sämtlichen Grottendämonen vollkommen langsam in ganz dünne Scheibchen kleinschneiden lassen; von sämtlichen - - von allen, die es

so gibt - oh, Mann...!

„Und jetzt komm endlich rein," meinte Tim, „Das ist ja grässlich, wie du daherkommst. War denn was los?" –

„Naja, nu, ging. Kaum dass ich bei uns um die Ecke bin, waren die auch schon da. Ich auf den nächsten Baum, und da kommt das so an. Nur Haut und Knochen, und riesengroß … *hat* das nach faulen Eiern gestunken. Wie immer, ist jedes Mal eklig, das sage ich dir. Als es mit den Nüstern so Feuer schnäufte, hab ich mich verwandelt. Und, wups! so voll auf es drauf. Ja und da - - da kamen noch mehr. – Sch...einhörner, echt jetzt ma, - die kann wirklich kein Mensch gebrauchen. Schmeiß ich also das erste beiseite, und, *ftz!* sind die nächsten drei da (*n e e*, denk ich -) die dann so, Zack. - Ich so zurück, und Anlauf genommen, so: *ffcht!* über eins davon drübber, während die Viecher als nach mir beißen. Und das letzte schleift mich dann auch noch mit.

`Ne ganze Ecke … ich sach ma (ach, das kann man schlecht schätzen). Und dann lag es dann da. Und ich auch. Und da denk ich, warte! Hier das ist ja *genau* die Ecke, wo... - Und ich musste auch gar nicht lang warten, da kamen sie schon alle raus. Fiese Dinger, so ähnlich wie (wie heißen die nochma, disse Viecher) na, ist ja egal. Waren noch viele, obwohl *Du Weisst Schon Wer* damals schon mal mit denen aufgeräumt hat.

- Ja und dann – war kein einziges übrig. Da hab ich mich dann auf den Weg gemacht. Also, ich meine, erstmal hab ich geguckt, wo der Baum ist, in dem meine Sachen hängen... Deswegen wollt ich mich erst einmal ruhen. Krauch ich also so irgendwie raus, und auf *ein* mal, steht da so ´ne Art... Na, ich will ma sagen – so´n Vieh, halt, und mit dem hatt ich lange zu schaffen. Also, ich meine, in Schattengestalt...."

„Na," sagte der Bürgermeister, „dann solltest du jetzt erstmal duschen."

✶✶

Der Regen hörte ebenso plötzlich auf, wie er begonnen hatte.

Auf dem Turm an der Weggabelung begann ein nassgeregneter Amselhahn stoisch zu singen, einzelne Tropfen fielen noch aus den Zweigen, und eine Mauer aus turmhohen, nachtgrauen Bäumen baute sich vor Fine auf.

Man sah dem Wald an, dass er keinen Mensch oder Werwolf hereinlassen würde, den er da drin nicht wollte - vor allem nicht Fine. - Und das war sehr schlecht.

Denn ihr dorfwächternder Mann war da drin.

Ihr Kampfgeist regte sich... Dieses arrogante Gehölz kannte sie wohl noch nicht! Ein Wald, der sie nicht hereinließ, war noch nicht gepflanzt - ein scheußlicher Wald, übrigens. Voller unguter Farben... Es stank nach Sumpf. Äste bewegten sich gegen den Wind, und leuchtende Funken schwebten herunter, lautlos und sanft. Fast wie Schnee.

Durchdringendes Kreischen lag in der Luft, als wären die Luftmoleküle selber am Schreien, und Fine bewegte sich unter der Decke. Sie hob halb die Lider, warf sich herum, und fing an zu schwitzen. Dann spähte sie ängstlich herunter, guckte noch schnell um die Ecke, und – ja, genau das hatte sie befürchtet:

Da stand Fengur. Oder, besser, er hing. Gefesselt von holzigen Ranken, vom dunklen Schopf, bis zu den Zehen - und sein Kopf hing traurig und regungslos runter, es ging ihm nicht gut. Das konnte man sehen. Wie unbeherrscht, einfach bewusstlos zu werden! Das passte doch gar nicht zu ihm? Bei Odin, Gott und allen Geistern! schrie Fine – *wer hat so geschrien?!* - Dann stürzte das Traumbild nochmal auf sie ein. ...Ihr Körper machte all jene Fisimatenten, die man nach Alpträumen nun mal so hat;

139

sie lag wie erstarrt (Moment, dachte sie, - *Aufstehen. Sofort!*). - Das tat sie nicht. Ein sausendes Heulen schwoll an und verbiss sich in ihrem Geist, obwohl sie schon nicht mehr schlief. Was ist es? Es klang wie aus tausend Kehlen ihrer Ahnen, die sie von sich stießen, und nur eines riefen: Du hast alles falsch gemacht.

Warum darf ich nicht mehr mit Fengur spielen? Wenn ich nicht bei Fengur sein darf, will ich überhaupt nirgendwo sein.

Das geht nicht, Fine, er ist ein Mensch. Und du bist - -
Fine bemerkte, dass etwas so weh tun kann, dass man es nicht...

Der Schmerz war zu stark; *es setzte ein.* - Aber gerade das war es doch, was sie von Fengur entfernte... Finchen, tu´s nicht –

Ich kann - die Verwandlung verhindern, ich bin groß genug. Ich m u s s es unterdrücken...! Ihm zuliebe!

Sie fiel auf die Knie, und die Zunge hing raus, dick und blau - zäh und schwarz tropfte es davon herunter; auf halbem Weg blieb sie beim Verwandeln stecken. Und so wurde sie für immer ein grausiges Halbgeschöpf, vor dem jeder zurückschaudern würde. *Nun wird er mich nie wieder ansehen wollen*

I c h b i n a l l e i n...!
Die Wahrheit schlug unverhüllt auf sie ein, noch während sie die Augen aufmachte. – Sie erstarrte. Ein widerliches Gefühl schlich an ihren Körperseiten entlang, und Furcht packte sie.

...Der abscheuliche Ton erklang noch immer - *ich träume noch immer.* Sie konnte fühlen, wie sich ihr Verstand zersetzte, wie etwas, was man in Säure wirft. *Alles* fiel ihr wieder ein. Sofort. Einfach - *alles* ... das war schlimmer als jeder Traum. Und auch sie wollte heulen wie eine verlorene...

Sie schwieg, als hätte sie für immer die Stimme verloren. Regungslos lag sie da.
War das - nur ein Traum?

Ihre Finger zitterten, während sie packte.

...Sie hatte ja gar keine Ahnung, dass ihr Mann gerade duschte. Fine lief auf vertrauten Wegen, als würde sie noch immer träumen; Dampf stieg aus dem Wald, es war ein verregneter Sommer. Wie Ungetüme tauchten die Kühe vom Nachbarn aus den Dunstschwaden auf. Sie störten sich nicht an den weißen Gebilden, ungerührt tummelten sich die Tiere darin.

Fine nahm einen Witterungsfetzen der Kühe auf, es wurde hell; die ersten Finken ließen sich hören. Nun sah man gestreifte Ackerwinden, die auf dem Weg blühten, Flockenblume, Leimkraut, und lilanen Dost... - Auf jeden Fall war das ein Fehler, dachte sie, dass ich es ihm nicht gesagt hab, und ich hätte ihn auch nicht alleine gehen lassen dürfen – (oh, ein totes Einhorn) - wo er wohl gerade steckt?

Was er wohl tut? Ich will ja einfach nur wissen, dass es nur ein Traum war. Und dann kann ich ja wieder heim. – An der Weggabelung zögerte sie...

Sicher, dachte sie, ist er direkt in die Sümpfe. Und hat da schon alles erledigt. – Bestimmt! Da kann ich mir sicher sein!

Und wenn er danach einen Schoppen braucht, bevor er sich nach all dem Ärger von neulich zu seiner Sippschaft heim traut, ist er erstmal in die Kneipe.

Fine wusste schon, welche. *Nur die hat schon auf...* Oder, besser: Noch gar nicht zu. –

Übergangslos stand sie in regem Getümmel.

Es war noch immer recht voll, oder, beziehungsweise, schon wieder. Am Eingang prallten Gäste, die zwecks Aufbruch ihre Leute zusammensuchten, auf jene, die gerade kamen, was nicht immer glatt ablief; im Hof war man deswegen damit beschäftigt, eine kleine Prügelei anzugehen. Allerdings lief diese Gefahr, in der Anpöbelphase stecken zu bleiben, weil die Aggressoren zwar zahlreich, aber nur halbherzig bei der Sache waren. Fine murmelte Entschuldigungen, während sie ein paar der Teilnehmer beiseite räumte, um sich in die Wirtschaft zu zwängen. Sie sah sich aufgeregt um -

Was, wenn er gar nicht hier i s t ?! - Angewidertes und/oder todmüdes Personal krauchte so halbwegs putzend zwischen Frühstücksgästen und hängengebliebenen Zechern herum, und es stank nach schalem Bier.

Fine bahnte sich den Weg zwischen Trunkenen, Herumstehenden und trunken Herumstehenden, umging dabei so gut sie konnte Wurstreste, Schnapspfützen und zertretene Rüben - -

Nee, echt jetzt mal, dachte sie, und ärgerte sich über sich selbst. - *Da sitzt er ja doch*. – Fengur, wie er leibt und...

Immer diese unnötigen Sorgen. *Hätte ich mir ja gleich denken können!* Wortlos lief sie zu ihm hin. Sie lachte - ihr war zumute, als würde sie ihn zum ersten Mal sehen.

Na, ja, gut: Eigentlich ging ihr das jedes Mal so. Sie konnte sich einfach nicht sattsehen, an ihm - - aber dieses Mal, da war es … da war es so traumhaft gut, so märchenhaft schön, dass er da saß, dass sie ihn einfach so angucken konnte - ach, ja, dass es ihn überhaupt gab – sodass Fine überhaupt nicht beschreiben konnte, wie überaus großartig das für sie war.

Mag sein, dass dies an ihrer Erleichterung lag. Außerdem hallte noch immer der Traum in ihr nach. Und sein Anblick war das einzige, was es schaffte, diesen Nachhall ganz zu vertreiben. Zudem wirkte er richtig zufrieden, offensichtlich ging es ihm prima. - Und das freute sie so. Genau das machte ihn so - - oh, sie hätte ihn am liebsten…

Ach, ja. Sie strahlte ihn an.

Was ist denn das jetzt für eine?! dachte das Magische Ding, dem die junge Frau mit dem kirschförmigen Gesichtchen und den zart hellrötlichen Haaren auf Anhieb gefiel.

Und, (wie schön), auch sie war sichtlich begeistert von ihm. - Es sah ihr recht freundlich entgegen...

Grußlos setzte sich Fine direkt neben das Irrlicht. -

„Das kannst du dir gar nicht vorstellen," platzte sie gleich heraus, „was ich vorhin geträumt hab. Ach, und wie grausig es mir damit ging..."

- - „Ja, nun," sagte das Irrlicht. „Bei mir wars auch nit grad schön. Als ich aus dem Sumpf kam," – „Ach," sagte Fine, „Das sieht man, dass du da gerade warst," - so voll Schlamm, wie du bist, sie lächelte zärtlich. „Gut, dass du das endlich hinter dir hast. Ist denn auch alles gelungen?" –

„Na, klar, ein Mann mit 'nem Karren hat mich mitgenommen. Er wollte gar nichts dafür haben..." ...Irgend etwas geschah.

Und zwar mit Fine! - Die kantige Kontur der Handgelenke – an der sie jedes Mal *sofort* entlang fahren wollte - die Art, wie er die langen Beine frech von sich streckte, vielleicht war es das? Eventuell war's auch, weil er grad so guckte – so überaus glücklich aussah...

Ja, es geschah ein schlimmer Moment.

Denn als sie ihn ansah, konnte sie plötzlich fühlen, wie alles, was sie zu ihm hinzog, *noch* stärker wurde. Es war wie ein glückseliger Schock, dass sowas *förmlich die Zähne - in einen reinschlagen kann...*

Giftzähne.

Schwindlig vor Glück ließ sie ihn erzählen.

Drei

Beim Plan des Schamanen geht etwas schief,
und das Irrlicht macht sich an Fine heran.

Ach, das hätte Fine in der Tat nicht gedacht.
  Dass der Rückweg ihrer bisher so verzweifelten Wanderung so
schön sein würde! - Mit diesem Mann an ihrer Seite...
  ...den sie so mochte. Und dann waren sie endlich zu Hause.

Das Irrlicht berührte sie, als ob sie etwas ganz Kostbares wär,
und Fine ließ sich gegen es sinken. Sie war bezaubert. Wie man
so sagt! - Von so viel Zuneigung, in diesen Augen - - alles! Aber
auch wirklich *alles* würde sie von dem hier bekommen.
  Genau das war deutlich in ihnen zu sehen.

Ja, ja. Solche Blicke kannte sie bisher kaum, von diesem
Fengur. Genau so was wünschte sie sich öfter bei dem...
  Sie versuchte, sich nicht zu sehr zu wundern - Mann, Mann,
der hatte sich ja gewaltig geändert. Durch - - *irgend was*...
  Und das war doch schön. - *Sehr* schön... Sie nahm hin, dass
alles, was zu ihrem vollständigen Glück vielleicht noch fehlte,
plötzlich einfach so da war. Wer hätte das an ihrer Stelle denn
nicht getan?!

Nein, sie konnte sich nicht dran erinnern, jemals so glücklich...
Sie spürte seine ganz warme Haut an der eignen. Sie fühlte den

144

Atem des Mannes in ihrem Gesicht - und dann roch sie beides.
  Und stutzte.

Fengurs Atem roch ja meistens wie die Spucke von kleinen Jungen, wenn sie zerkautes Papier verschießen. Es sei denn, er futterte Zwiebeln - oder sowas – an diesem Irrlicht jedoch duftete alles nach Liguster und Ginster.
  Und das ist doch ein sehr schöner Duft.
Nicht wahr?
  Fine schloss die Augen, und krauste die Stirn. Sie schüttelte sich – *Das hier ist gar nicht w a h r...*

Ach, Fine. Lass den anderen fahren, lass Fengur ganz einfach Fengur sein. Kann dir doch gleich sein, was aus ihm wird! Und wo er steckt! Ist doch egal! Du hast doch jetzt *den* - der fast immer nett ist, zu allen Leuten, und für den du der Himmel bist. Einen, der dir jeden Tag sämtliche Sterne...
  Ja, da kann man mal sehen, wie seltsam dies Finchen war:
Sie gab der Gelegenheit nicht mal eine Chance.
  Sie *dachte* nicht einmal dran...
Und dabei wär es ein Leichtes gewesen, den Fengur nun schlicht zu vergessen. Um bei diesem zu bleiben, der doch ohnehin *sowas ähnliches wie der selbe* war. Und dem sie - soviel ... bedeutete - - nicht, dass sie sich das nicht bei Fengur gewünscht hätte. Aber, Fengur war Fengur.
  Und sicher nicht *der*.

Das Traumbild kam ihr in den Sinn, und sie erschrak bis ins Mark. - *Dann war es also doch eine Vision.*
 Von etwas, das wirklich i s t...! - Wie Fengur da hing, gefangen, geknickt und verschnürt, gewissermaßen erbärmlich – nein, so wollte sie ihn niemals sehen. - Niemals. – „Nimm die Finger

von mir, du Wechselbalg[xiii]," flüsterte sie...

Sie grauste sich nicht, so war sie nicht drauf. Allerdings wurde sie langsam böse, denn *was immer das war*, was da vor ihr stand, und verwundert aussah: Es stand ihr *i m W e g!*

- *Wenn ich nur nicht zu spät komme. Er ist es gar nicht. Er ist es tatsächlich nicht. Fengur ist gar nicht h i e r...!*
   Herrgottnochmal! dachte sie.
Es ist aber auch... Fines Gefühlshaushalt geriet durcheinander, Angst, Erleichterung, und jetzt wieder Angst, weniger raue Gemüter hätten einen Dachschaden davon bekommen. Ihr Herz schlug rasend schnell, und diesmal nicht vor Vergnügen.
   Unter ihr brannte gewissermaßen der Boden...
Fengur war in Gefahr, und sie stand hier bei einem Trugbild herum. Bei einem Trugbild, das fragend glotzte -

...Das Irrlicht sah die junge Frau fragend an.

Die Frau des Wächters wandte sich an den Schamanen:
   Woran kann man das Irrlicht erkennen?

– *Liebe Zeit, hab i c h es in den Sumpf reingetan?!*
   ...*rief der Schamane, woraufhin sich Fine beleidigt fühlte. Und dann wandte er sich an den Wächter*:
   – *Ich brauch dir ja nicht zu sagen, wie wichtig das ist! Daß du dein Magisches Ding gleich erkennst. Du m u s s t es erkennen. Immerhin bist d u es ja - der es in seinen Träumen sieht... –*

Fengur drückte ein unteres Augenlid hoch, und grinste so halb:
Ich weiß nur, – sagte er, – dass es gläserne Giftzähne hat.
Gläserne Zähne. Die im Dunkeln bunt leuchten...

Fine erbleichte; diese Erinnerung an den vorigen Morgen war
nun ganz plötzlich zum Schaudern. – *Bei Odin, Gott und allen -*
Sie geriet ein bisschen außer sich und versuchte, *e s* nicht mehr
direkt anzusehen –
    „Laß mich! Geh weg. Ich muss zu *F e n g u r...!*"
Beim Irrlicht klingelte es.
    „Wie, was? Den *kennst* du!?"
– So langsam grauste sich Fine nun doch.

...Irgend etwas stimmte mit den Augen nicht, *unter der*
vertrauten Linie der geraden, kohlschwarzen Brauen lagen die
Augen von toten Fischen.
    Und mit genau diesen Augen sah es sie an.
Die Stimme des Irrlichts, in ihrem Kopf – *Ich habe gelernt. Ich*
muss nicht töten. Ich muss d i c h nicht töten - also hab keine...

...Fines Körper machte all jene Fisimatenten, die man nach
Alpträumen nun mal so hat; sie lag wie erstarrt (Moment, dachte
sie, - *Aufstehen.* Sofort!). - Das tat sie nicht.
    Ein Ton schwoll an und zerbiss ihren Geist, und sie erstarrte.
Ein grausiges Gefühl lief an ihren Körperseiten entlang und
tummelte sich auf ihrem Rücken...

Furcht packte sie, während der Ton noch immer nicht ganz
verhallte - *ich träume noch.* Sie konnte fühlen, wie sich ihr
Verstand zersetzte, wie etwas, was man in Säure wirft, und sie
erwachte. *Alles* fiel ihr wieder ein. Sofort. Einfach - *alles - -*
und das war schlimmer als jeder Traum. Und auch sie wollte

heulen wie eine verlorene... Sie schwieg, als hätte sie für immer die Stimme verloren. Regungslos lag sie da.

 Und dann zwang sie sich auf die Beine.

Morgenlicht drang grell in die Stube (es war so dreiviertel Zehn). –

 Seit wann schlaf ich im Kleid?! Fine versuchte, ihren Standort herauszufinden... Abscheulich langsam erkannte sie, dass sie zu Hause war. - *Wie in meinem Traum! Träum ich denn etwa noch immer?!* - Da hing ihre Jacke noch über´m Stuhl.

 Der Ärmel benetzt, von ihrem Weg durch den Wald...

Sie erinnerte sich an die peinlich verunglückte Klopperei vor der Kneipe. – *Baut man sowas in Träume ein!?*

 Der Duft nach Spierstrauch hing in der Luft.

...Immer noch...! Sommergeruch, nach Liguster und Ginster. Finchen trat in etwas Nasses. - - Sumpfiges Wasser...

 – *Da hat´s gestanden. Auch dies ist kein Traum!* Es wollte nur, dass ich das denke. – *Es wollte nur, dass ich das denke.*

Sie ballte die Fäuste. *Na warte, du Biest...!*

„So, jetzt ist es Zehne...“ – „Gut, ich mach mich dann erstmal los. Und *du* achte drauf, dass, solange ich weg bin und den Sumpf gerade biege und das Ding draus entferne, bei euch im Dorf hier bloß nichts passiert. - Mach´s gut,“ – „Machs gut...“ -

 Das werde ich...

Ob ich den jemals wiederseh? *Da, wo der hingeht, da möcht ich nicht sein - -* dachte der Tim etwas bänglich.

Fengur indessen widerstand der Versuchung, mit einem Steinwurf gegen´s Fenster den Alten zu wecken, um mit dem in dessen kürzlich zum Partykeller umgebauter Scheune einen zu heben. Erstmal erledigen, was zu erledigen ist!

 War ja auch wichtig.

– Da konnte sein Opa grad warten.

 Er verzichtete drauf, sich sogleich zu verwandeln (vielleicht, weil Wolfsfell bei Nässe immer so stinkt), und trabte zu den dorfnahen Sümpfen. - Das bedrohliche Gewucher war schon lang nicht mehr ausgeschildert, diese Zeiten waren vorbei.

 Hier ging an sich keiner mehr rein...

Ganz so grausig wie in den Visionen und Träumen sah es dort allerdings gar nicht aus. Stinknormaler Wald, halt, mit ein paar Pfützen dazwischen. Trotzdem, ein schöner Ort war das nicht!

 – Noch immer nicht. Konnte man schon Angst kriegen, in so einer Gegend. Kein Frosch ließ sich hören, das Jahr hatte seine Mitte erreicht. - Der Wächter geriet nun ins Träumen:

 Erinnerungen fielen über ihn her, an all die verbotenen Male, als er hier herum gestreunt war, lange, lange vor dem Ding mit dem Irrlicht...

 Da knackte was. Und er riss sich zusammen.

Vorsichtig schlich er jetzt weiter – heute mal ohne zu zu pfeifen, konzentriert stieg er durch das Gestrüpp. Er sperrte die Ohren auf, achtete drauf, wohin er trat, und zwischendurch guckte er hoch in die Bäume - damit sich nichts auf ihn drauf fallen ließ...

 Was hatte der Schamane gesagt? Der falsche Grundton wird erst dann wieder weichen, wenn das mit dem Angstmachen dreimal nicht klappt. *Dreimal muss der Sumpf hungrig bleiben* –

 Ja, ja! dachte Fengur. Verdammt nochmal, *jaa* ...`Dreimalige Furchtlosigkeit´! Liebe Zeit. Das *g l a u b t* man manchmal gar nicht, wie primitiv die sind, diese Schamanen. - Er stieß verächt-

149

liche Töne aus. Na, mal sehen, überlegte er weiter, was der verdrehte Ort auffährt, um mich zu schockieren. Da muss er sich aber Mühe geben. Wenn er sich mit mir anlegen will -

Da bin ich aber gespannt.

Auf alles gefasst linste er nach rechts und links...

Ja, eine Gegend kann etwas Fatales sein. Wenn man von einer nicht loskommt, zum Beispiel – kaum eine grausige Spukhölle kann so misslich sein wie ein Ort, an dem einen irgendwas hält. Es war kein Stachelzweig, der sich in seinen Haaren verfing, kein mächtiger Baumwürger sägte ihn langsam in Stücke ... er nahm die dünne Ranke des blühenden Geißblatts, die sich ihm sanft um den Knöchel legte, nicht einmal wahr.

- Wie war das? *Ein verdrehter Ort, der ein magisches Grundecho hat, kann einem sämtliche Kräfte...*

Als Fengur merkte, dass er sich schon wieder in Erinnerungen verrannte, versuchte er, in seinen Wolfsleib zu fahren –

Er blieb aber im Menschenleib stecken. Ja, war diesmal nix, mit dämonenzerfetzender Schattengestalt! Denn dafür muss jeder Wächter den Umweg über den Wolfskörper nehmen...

Der Duft der nektargefüllten Röhrenblüten erinnerte ihn mit seltsamer Dringlichkeit an sein altes Zu Hause. Roch nicht auch manchmal das Finchen so? Ja, ja. War gar nicht so leicht, dabei die Augen offen zu halten. Dabei *musste* er doch die Lider heben, die Ranken hatten seine Hüften erreicht...

Und bald den Hals, und am Ende die Ohren –

Und so wurde er für alles, was nun herankommen konnte, weil im Boden kein Irrlicht mehr steckte, zur leichten Beute.

- Zur kinderleichten Beute. –

„Mann," flüsterte er, und versuchte, einen Arm frei zu kriegen – konnte noch ein klein wenig gucken, fand das nicht mehr wichtig, und ließ es halt sein.

Vier

Fine findet eine Leiche,
kein einziger Riesenhirsch ist zu sehen,
und dann ist das Nahen des Monstrums
ganz deutlich zu spüren.

Aufdringliches Meisengesinge durchschnitt die Stille.

Brütende Hitze lag über dem Land, von der man im Wald aber nicht allzu viel merkte: Alle paar Meter war der Boden nass und eiskalt. - Sachter Wind ließ die Zweige rauschen...

An den Gebüschen waren schon Schlehen zu sehen, - grün, zwar, aber doch bereits prall und rund. Da konnte man wieder mal sehen! Dass das Jahr den Zenit überschritt.

Immer wieder irre, wie die Zeit herum geht, ja, ja, blah - Fine hatte vollkommen andere Dinge im Kopf. Der Schamane hatte sie nicht wirklich beruhigt... `K a n n sein, dass das eine Vision war … k a n n sein - - sieh halt besser mal nach...´ - Herr, Gott, dachte Fine, von dem kommt aber auch *nie* ein klares Ja oder Nein! - Ihr Mund war ganz trocken, und ihre Beine fühlten sich vor lauter *Fengur, der Idiot, was hat er j e t z t wieder angestellt* etwas wacklig an.

Wenn er nur ein bisschen besser auf sich aufpassen würde...
Sie versuchte, auf dem beidseitig von Nesseln und Ästen bedrängten Pfad nicht zu rutschen, denn die oberste Schicht der festgestampften Erde war ekelhaft klebrig und glatt. - Außerdem kippte der garstige Weg zu einem nebenher laufenden Rinnsal hin etwas ab... Es war fast so, als wolle er jeden, der ihn grad nahm, am liebsten gleich ins Wasser rein schmeißen. Ein Baum

lag quer über dem Pfad, halb entrindet, und teilweise mit glitschigem Moos überzogen. Sie überkletterte ihn. – Und da lag sie auch schon: Die von ihr dort erwartete, großzügig angelegte, ordentlich kurzgeschorene Wiese.

Die letzte Station vor den Sümpfen!
Da waren Gatter, und ein kleiner Hof...

„Ja, ist hier denn keiner?!"
Vielleicht, dachte Fine, hat der Riesenhirschzüchter Fengur gesehen. Und weiß, in welche Richtung er losgetrabt ist -

„Liebe Zeit, *ist* hier mal wer...!" Sie öffnete die hölzerne Tür, denn dahinter hörte man etwas rumoren.

„Hallo?" Nix. Vielleicht ein Riesenhirsch?
Lag ja nahe.

Oder eher doch eine ... Katze? - Zwei nervöse Hunde umkreisten sie. „Ja, jaa..." Sie stieg halb zum Heuboden hoch, und da rutschte ihr eine abgearbeitete, haarige Männerhand einfach so vors Gesicht. Fine schob die Lippe vor, zog an einem der Finger und fand, dass ein zweites HALLO nicht nötig war.

Der Tote sah absolut grauenhaft aus. Leuten aus einer anderen Gegend wäre das Blut in den Adern geronnen, egal, in welcher Welt - - och, joh, dachte sie. - Guck ma an, nu isser dot.

Warum wohl? Ja, nun. Wäre Fine am Morgen nicht so durcheinander gewesen, hätte sie den Mann in der Kneipe bemerkt.

Das Irrlicht hatte ihn dort, am ganz frühen Morgen, mit einem kleinen Gespräch aufgebaut... Weil er so einsam und traurig aussah. Wofür er dann wirklich - *dankbar* war ...

Nett, nicht? So etwas hatte es nun einmal drauf!
Na, dachte Fine, darum kann ich mich nicht auch noch kümmern. Sie hob eine Schulter, und lief ohne den richtungstechnischen RiesenHirschZüchterRat in die Sümpfe...

152

…Und dank ihrer feinen Werwolfsnase hat sie den Gesuchten auch sofort gefunden. - „Fengur!" schrie sie, sodass er ein Auge aufschlug, unter all diesem holzigen Geißblattgeranke...

Sie umschlang seine gefesselten Knie.

„Ich weiß nicht," rief sie, „*So* einen schrecklichen Traum hatte ich echt noch nie. Wie soll ich das denn nur beschreiben! Das war irgendwie... Ich meine - ich bin sofort los (...danach. Es war ja noch früh). Weil ich dachte... Und als ich in die Kneipe kam, saß da dein Magisches Ding. Ich meine, das Irrlicht! Hätte mich fast auf es eingelassen..."

– „Wie, jetzt, warte mal. *Was...?!*"

„Und das wollte es ja auch unbedingt, um - du musst jetzt nicht denken, dass ich jemals an andere denke..."

– „Na, dann ist´s ja gut."

„...Aber ich konnt erst nicht riechen, dass du das nicht bist."

– „*Häh?!*"

– „Und, apropos riechen: Es riecht nach Liguster und Ginster. Das Irrlicht, mein ich! Na, ist auch egal. Und *dann* dachte ich, ich träume noch immer. Aber, war gar nicht so. - D a s war so grausig, ich kann dir nicht sagen, ach, und da fällt mir ein: Du hättest gar nicht versuchen müssen, es aus dem Sumpf zu entfernen. Das hatte es nämlich schon selber getan. *Der verfluchte Ort hat ihm dabei geholfen...!* Ja, gar keine Ahnung, auf welche Weise. Tatsache ist aber: Er hat es getan... Na, jedenfalls. Hungrig, wie das Irrlicht wohl war, ist es sofort von dort weg. Ein Kerl mit ´nem Karren hat´s mitgenommen. - Hat´s selber gesagt. Keine Ahnung, was es jetzt treibt! Oder plant! Wahrscheinlich weiß es das selber nicht. Das sagt zumindest der dicke Schamane. Und, dass es *Zuneigung frißt* – meinst du, das schadet den Leuten?"

153

Ach, Fine war so unendlich froh, all das *endlich* mit ihm zu teilen. Leider war er dafür gar nicht in Stimmung, so stundenlang eingesponnen, in halben Todesschlaf versetzt, im Gestrüpp zwischengelagert und soeben erst zu sich gekommen, wie er grad war: „Gut, ist ja gut, nur, *mach mich endlich los*."

 – „Ach, Fengur...! Natürlich!" ...Hätte man ja auch gleich mal drauf kommen können. Ja, das giftige Waldgeißblatt hielt ihn noch immer umfangen, der betäubende Duft seiner Blüten hing schwer in der Luft. Und jetzt war es an Finchen, zu fluchen.

  Und zwar über ihre zitternden Finger.
Nichts war ihr so teuer wie dieser Mann, und deshalb wollte sie *so* dringend helfen, dass es, zum Teufel, nicht klappte...

  Die holzigen Ranken waren miteinander verflochten, die waren ganz schön stabil. „Wird's dann nu noch was," fragte Fengur, und klang erloschen.

  „Übrigens, der Riesenhirschzüchter ist tot." – „Ja, ja." – „*Ja ja* mich nicht an..." Sie pusselte noch minutenlang weiter. – Da sah sie, wie sich das Haar auf seinem Arm plötzlich sträubte.

  Und das in ihrem Nacken tat's daraufhin auch.

„Herrgott, du machst mich wahnsinnig." – „Ich hab nur gefragt, ob das heut noch was wird -" - Das hab ich geahnt, dachte er, dass ausgerechnet *jetzt* ein echt *dickes* Vieh kommt ... aber das braucht das Finchen erst mal nicht zu wissen.

  – Was immer er gerade heran nahen spürt, dachte indessen die Fine, es wird gleich da sein... Und uns dann fressen.

  Zumindest mich! Und wenn er Glück hat, ist es danach satt!
Oh, das hoffte sie so. *Allerdings wird er's mit ansehen müssen...*

  ...Sie machte eine letzte, verzweifelte Anstrengung, war abgelenkt genug, um es zu schaffen, und schwupp! Schon war er frei.

  „Liebe Zeit!" rief er aus, „Warum denn nicht gleich!" – „Ach, ja," rief Fine, „Jetzt auch noch Töne spucken. Wir können ja nächstes Mal tauschen. Dann bin *ich* mal so blöd, und lasse mich fangen. Während *meine* Doppelgängerin anfängt, *dich* zu bezirzen...“ ...Hnn, dachte er: Zwei Finchen, das wäre ja eigentlich gar nicht so schlecht... *Aber nun muss sie erstmal hier weg! - Sonst habe ich bald kein einziges mehr.*

Fengur baute sich herausfordernd auf. Er machte sich lang, und spähte grimmig nach allen Seiten... Ja, gefasster Todesmut war (wie wir schon wissen) etwas, das ihm besonders gut stand; allerdings sah die Fine das anders.
    Ganz anders!
Oh, wie sie es hasste, wenn er so guckte.
    Und darum zuppelte sie an seinem Ärmel.
„Lauf, jetzt!“ bat sie, „Ins *Dorf*... Da ist ist´s für dich sicher! Mach! Mach jetzt. Lauf von hier *weg*...“
    Nicht gut, dachte er; *sie weiß es, dass da was kommt.*
Herrgottnochmal! dachte indessen die Fine; er hört mich gar nicht. Er hört mir ja überhaupt gar nicht *zu...!*
    Sie lauschte. Und fragte sich, was da wohl kam.
- *Eindeutig ein wesentlich dickerer Brocken als sonst.*
    Als j e m a l s sonst - -

Fengur bedrohte das Dickicht noch immer mit düsteren Blicken. „Was *ist* es?“ flüsterte sie. „Fengur, was i s t es...?!“
    – „Klappe, jetzt; warn alle und sag, dass kein Irrlicht mehr da ist, das die ganz schlimmen Monster zurückhält! Sie sollen in Wolfsgestalt hier in die Sümpfe...! Und jetzt - mach dich ab...!!“

Irgendwie begann seine Stimme, kaum merklich zu beben. Und das war etwas, was Finchen entsetzt aufhorchen ließ. Aber dann fand sie die Sprache wieder – „Bist du denn plötzlich *doof* geworden?! Ich geh doch nicht - alleine w e g...!“ – „Verpfeif

155

dich," er zischte nun mehr, als dass er sprach, um dieses Beben zu unterdrücken, „Ich kann dich hier nicht gebrauchen." - Fine sah ihn fassungslos an… Und danach schloß sie die Augen. Und schüttelte heftig den Kopf –

   Oh, nein, dachte er, nun *klebt* sie wieder, so wird das nix...!

Und, überhaupt, überlegte er weiter, warum verwandelt sie sich nicht einfach? Na, umso besser. Denn wenn sie hier erstmal im Werwolfsleib steht, will sie auf *jeden* Fall mittun, - wenn es hier losgeht, gleich.

   Mit dem Kämpfen. – Er riss den Arm hoch, um mit Nachdruck zu fuchteln: „Willst du mir im *Weg* stehen?! Hast du das vor? Soll ich auch noch auf *dich* aufpassen??"...Der ganze Rest von ihm machte beim Fuchteln nun mit. Fine jedoch stand aufreizend still - - wie angewurzelt –

„Ich meine es ernst, na, los! Schlaf nicht ein! Lauf zu Opa ins Dorf, ohne Irrlicht im Boden sind die sonst verloren. *Und ohne d i c h, wenn du weiter hier stehst und blöd heulst.*"

   „Idiot, wo heul ich denn," sagte sie...
Ja, das hasste sie. Verfrühtes Mutmaßen zu erwartender Reaktionen... Aber wer hasst das nicht. Kann man ja verstehn.

   „Bist du jetzt endlich weg," brüllte er, „Geh, oder ich red kein Wort mehr mit dir," - genial! dachte er. Ich wette, das zieht. - Sie fuhr zurück – „Kein Wort!" schrie Fengur, „Nie mehr! Und das mein ich ernst..."

…Und da wandte sich ohne ein weiteres Wort von ihm ab, und dann tat sie das Tapferste, was sie je getan hatte.
   Und das, ohne sich noch mal nach ihm umzudrehen.

Enttäuschtes Rumpeln erschütterte ganz kurz die Erde...

156

Fengur schüttelte den Kopf; Fines nicht nachvollziehbares Bedürfnis, mitkämpfen zu müssen, ging ihm, wie stets, auf die Nerven.

Na, immerhin, dachte er: Es hat funktioniert, sie ist weg. In Sicherheit... Zum Glück hat sie ja gar keine Ahnung, was hier gleich passiert (die hatte er selber auch nicht, aber, war ja egal).

Weiß der Teufel, überlegte er weiter, warum sie sich förmlich drum kloppt, jedes Mal *mit* in die Kacke zu reiten.

Ich hab sie aber lieber irgendwo da, wo keine Untiere sind…

...Apropos U n t i e r e - - urplötzlich erschauerte er: Pech! Nun hatte er sich selbst dran erinnert, und er hätte sich gerne verkrochen. Angst packte ihn ... furchtbare sogar, und darum fing er an, dem Biest grad entgegen zu gehen.

Was sich nicht vermeiden läßt, muss man nicht auch noch verschieben - schließlich war er auch ein bisschen neugierig. Und so stieg er durch Morast und Gesträuch...

Er fing an zu keuchen, was er selbst gar nicht merkte. Und ein einziger Keucher davon klang etwas kläglich, als er kurz probierte, ob das mit dem Verwandeln schon wieder klappte - - nein, tat es nicht. Und er blieb stehen.

Der Wächter fluchte. Nein, damit hatte er nun nicht gerechnet: Er hatte geglaubt, es würde schon wieder funktionieren. Aber, war nix...! So schnell regeneriert sich die Begabung eines Werwolfs nun nicht! - *Zeit*, dachte er. *Ich brauche Zeit.*

Aber wer kriegt schon das, was er gerade braucht... Allmählich wurde ihm schwummerig, denn der hungrige Sumpf zerrte nun auch noch an seinen übrigen Kräften. Und insofern arbeitete die Zeit *gegen* ihn - Wind kam auf. Starker Wind; die Baumstämme quietschten und knarrten. Da hörte es sich hinter ihm an, als ob etwas Feuer gegen die Bäume spie, mit Sperrigem warf, und noch Übleres tat. – Viel Übleres! Da war es zum

157

Verkriechen zu spät. Und, schwummerig oder nicht: Fengur machte kehrt, und beschloss, ein bisschen zu rennen.

Astwerk riss grob an ihm, er hörte hinter sich Unterholz brechen – und dabei rannte er, wie er noch nie gerannt war.

Er war ja schon immer sehr schnell gewesen. Und dadurch war es auch wirklich enorm, wie blitzschnell er lief ... naja, nun. Allerdings nicht sehr weit.

Er strauchelte, als er auf einen Brombeertrieb trat, fluchte, und ließ sich fallen – danach kam er so halb wieder hoch, aber sein Bein knickte ein. Und er stürzte.

Ja, da lag er nun auf dem Bauch; das mit dem Schnellsein hatte sich erstmal erledigt. Und bevor er die Lider fest aufeinander presste, meinte er, aus dem Augenwinkel sowas gesehen zu haben wie eine geschuppte Schwinge, oder irgend was, bei dem die Anzahl der Köpfe nicht so recht stimmte...

Ein Etwas, das einem Kiefernzapfen nicht unähnlich war, allerdings gigantisch, und zangenbewehrt. Und auch sehr hässlich, wegen all dieser gelben Rasiermesserzähne. Außerdem schien das Ding mit den vielen Beinen aus grün leuchtenden Ranken ekelhaft wendig zu sein ... es schien einfach überall zugleich zu sein -

„Fine," flüsterte Fengur. „Ich glaub, du kommst besser doch nochmal her..." – Aber ein drei Kilometer entferntes Flüstern kann nicht mal eine Werwölfin hören.

Die Sonne war unmittelbar am Versinken; er rollte sich auf den Rücken, und wollte sich wehren. Blindlings schlug er auf alles ein, was hier zu treffen war; eines der Häupter schien sich zu öffnen, und Aasgestank schlug ihm entgegen – „Oh, Mann," knurrte er. „Jetzt ist es *aus*."

Er konnte seinen eigenen Angstgeruch riechen, - und dann lachte er.

Fünf

Dies ist das sehr lange letzte Kapitel,
in dem sich der Bauer an die Ereignisse
von vor siebzehn Jahren erinnert,
und auch sonst recht viel passiert.

„Warnt alle Leute! Es kommt ... es kommt - - ein Ungeheuer...!" Fengurs Vater, der guckte, als Fine zu ihnen ins Dorf gerannt kam. Zum zweiten Mal, an einem Tag!
   Nur diesmal halt etwas schneller.
„Das Irrlicht," schrie sie. *„Es ist nicht mehr bei euch im Boden - -"* - Ach, so, dachte er. Jetzt ist sie endgültig übergeschnappt.
   Was soll einen bei Sarinas Tochter noch wundern!

Fine konnte sich nicht zwischen Schluchzen und Reden entscheiden, tat deswegen beides und klang wie ein dämpfiges Pferd – „Ach Jochen, hör doch. Fengur ist ganz alleine da draußen, mit ... *weiß der Teufel mit was*: Ein Monster, vielleicht, wie aus Opas Geschichten - ein Ungetüm, halt, das die Menschen frisst! Liebe Zeit, der Sumpf ist verflucht! Und was immer da drin ist, kann nun hier her. Und *überall hin...!* Denn euer Irrlicht ist *von dort entkommen...*" –

„Komm erstmal rein, du kriegst erst mal ´n Schnaps." – „Wie? Ach, ich mein´ - - aber *Fatter...!*" – „Kann ich riechen, dass du

Abstinenzlerin[xiv] geworden bist?"

– „Hol Opa! Er muss sich verwandeln! Er muss in den Wald. In Schattengestalt..."

Tollwut? dachte er. Irgend so ein Syndrom[xv]? Depressionen?

Jochen, du bist ein Trottel! Die Stimme des Wolfs, in seinem Kopf ... und eine große und sehr nasse Nase schubste ihn einfach beiseite. - „Opa!" rief Finchen, und weinte.

Ja, ja. Der werwölfische Bauer hielt sich mit Weibertrösten nicht lange auf. „*Also*," dachte er, nachdem sie berichtet hatte, „*Der, den der Kerl mit dem Karren aus den Sümpfen mitnahm, der war gar nicht...?*" Nein. - „*Und wo ist er hin? Ich meine ... wo ist es hin?*" – „...Ist ja jetzt auch egal," rief Fine.

„Fakt ist, alleine kann Fengur da hinten nicht kämpfen. Das war zu dicke, was da gerade kam! Großvater, hilf ihm! Ich glaub, er kann sich nicht mehr - verwandeln... Euer verfluchter Sumpf - hat ihm das geraubt - -" Sie begann, vor Angst den Verstand zu verlieren, erkannte dies als ganz schlecht, und disziplinierte sich wieder, - „...Paßt auf!", rief sie. „Lauft sofort in den Wald! Alle, die wir Werwölfe sind. Denn jetzt kann alles *Mögliche* kommen! Weil im Boden kein Irrlicht mehr sitzt!"

Aus der Ferne war nun ein Rumpeln zu hören - aus der Richtung, wo Fengur zu suchen war; die Sonne versank.

Der Bauer erbebte, was an seinem Wolfskörper seltsam aussah – „Großfatter!" rief seine ganz kleine Frau, als er zwischendurch in den Menschenleib fuhr, „Willst du dir nit erst was anziehn?"

...Und das tat er dann auch, - so nebenbei, während er zwischen Haus und Hof hin und her sprang, und brüllte.

„Wo sind die denn! Warum kommt hier denn keiner. Silja! Silja, die Fine ist hier. Der Fengur steckt wieder mal in der Tinte," – der Bauer lauschte.

- „Heh! Die Fine ist hier. Hier, bei mir! Silja!!" rief er. „Kommst du mal? Kann nicht mal einer den Schamanen holen!"

Jochen erwachte aus seiner Erstarrung, konkrete Befehle, das brauchte er. Darum lief er los – und der Bauer blieb stehen.

Und zwar, um Finchen groß anzusehen... „Fine, wieso bist du nicht bei ihm geblieben? Du hast meinen *Enkel* alleine gelassen? Mit so einem Ausbund von Superdämon?" – „Aber er hat doch - ich wollte ja..." ...Sie empfand den Moment, die Familie über ihren Zustand zu informieren, als unpassend[21], und erging sich in bitterem Schweigen. – „Es darf keiner wissen!" schrie der Schamane, als er vor Anstrengung gurgelnd heran gestürzt kam; er klappte in der Mitte zusammen, machte sich wieder hoch, ruderte mit den Armen, und hüpfte. „Wenn wer sich ängstigt," brüllte er, „...dann ist es *aus...!* Seid *leiser!!* Wenn die *Leute* euch hören! Lasst euch beim Bewachen von niemandem sehen!" – „Fine," sprach Fengurs Opa. „Fang gefälligst an, reihum die Dorfwächter zu informieren." Der Werwolfsbauer ging nun daran, erneut in seinen stahlgrauen Pelzleib zu fahren –
    „Großfatter! Die *Sachen* … "
...Ratsch, schon wieder waren die Hosen hin.

Die Wächter ringsum horchten auf. Seit Jahren war es eher dröge gewesen; nur Routine, und das war nicht schön. Aber jetzt ging es so richtig los - gleich zwei Gefahren, die den Dörfern dräuten: Ein seltsames Ungeheuer (also, ein hungriges Irrlicht) –

---

[21] Werdende Werwolfsmütter können sich nicht verwandeln.

und außerdem noch jede Menge ganz übles Viehzeug (also, `Monster, die von nun an überall einfach so eindringen konnten´) – ja, ja, sowas musste man nicht verstehen.

   Hauptsache, es gab viel zu tun! Und so warteten sie.
Auf die Gefahren.

Nur Fengurs bäuerlicher Großopapa hatte erstmal ganz andre Probleme. Entsetzlich! Was gibt es Schlimmeres, als einen Alptraum nochmal zu erleben? Noch dazu einen, der nur beim ersten Mal gut ausgegangen ist... Diesmal ließ sich kein Fengur hören. Und er konnte ihn auch nicht erschnüffeln: Des Bauern Enkel war halt nicht - *da...!*

   Der große Mensch, er war einfach weg. Verzweifelt rannte der Wolf durch den halben Sumpf – vergeblich, am liebsten hätte er sich direkt reingestürzt, aber, kann man ja nicht machen. Der Bauer fluchte, heulte und brüllte, und biss auch in einige Bäume - was diesen nicht gut bekam, denn er war im Wolfsleib groß wie ein Pferd - wie ein sehr kleines Pferd - - na, ja … fast – jedenfalls ist er dann erstmal nach Hause.

   Nachdem er sich ein bisschen zusammengerissen hatte.
Und dort erging sich dann alles in Gram.

...Anders gesagt, sie waren sehr traurig...

   Besonders Fine, die drehte irgendwie so vollkommen durch.
Sie rannte gleich los, kein Wort war mehr aus ihr raus zu bekommen. Weiß der Teufel, was sie wieder vorhatte, das junge Ding – man folgte ihr nicht, denn allen war klar: Man musste sie erst einmal *lassen.*

Ganz früh am Morgen wachte Tim auf. *Nee*, dachte er, – nicht schon *wieder*. Sch...schlafstörungen...

Na, erstmal Kaffee. Ein Schaudern elementarer Beunruhigung packte ihn. Dazu fehlte ihm an sich jeder Grund - also stellte er die Dose erstmal wieder weg – und verharrte. Langsam wandte er den Blick in Richtung Fenster, obwohl er genau *das* gar nicht wollte... Weil der Mond schien, sah er, wie sich die Bäume ganz sachte bewegten. Und sein Herz fiel in eisiges Wasser.

Wind. Normaler Wind. Er wusste, als nächstes würde er Furchtbares sehen. Einen Moment lang war ihm zumute, als würde er sich nie wieder trauen, *da raus zu gehen*, und das hatte der beherzte Bursche sonst nie.

...Ein fürchterliches Gefühl lief an seinen Körperseiten entlang. Dennoch spähte er nochmals dort raus, und meinte, nicht richtig zu sehen: Am Zaun hing eine dunkle Gestalt.

Die wirkte recht ausgepumpt, um genau zu sein...

Tim fasste es nicht. Jede Angst war vergessen, und er lief raus – „Wie denn jetzt," flüsterte er, „...*du?!*"

Ein drittes Mal begann da die Erde, missmutig zu beben.

...Doch da achtete Tim gar nicht drauf. Wer oder was immer am Zaun hing, schien sich nun zu rühren...

Über die Stirn und auf die Schultern hingen fast schwarze Strähnen, die nass waren, und trotzdem nicht glänzten, und er hielt sich, wie völlig erschöpft, am Tor vom Bürgermeisterszaun fest. Endlich hob er den Kopf (sehr langsam), und sah Tim an.

Der erschrak vor dem veränderten Blick -
Aus irgendwie seltsamen Augen.

Der nächtliche Gast tat etwas Irres... Er – grinste.

163

✦✦

Ja, da zog der Fremde mit den schweinsschwarzen Haaren nun reihum durch die Dörfer. Überall das Gleiche - da gab es dieses Gerücht: `Kein Irrlicht mehr im Boden´, und so: `Wahnsinn, was dadurch jetzt alles über uns herfallen wird -´

...Und schon fiel allen ein, dass die eigenen Dorfwächter es alleine nicht schafften. Da kam der Mann mit den eisgrauen Augen grad recht. - Überall half er, wenn man ihn darum bat, rettete hier und da ein paar Leute, und tat, was er tun musste. - Ohne darüber Nachzudenken.

Und das, jedes Mal, auf der *Stelle*. Das war halt so seine Art...
Er dachte zwar an die Fine, hatte aber für sowas nur wenig Zeit: Kaum war er mit dem einen Dorf fertig, wurde aus dem nächsten ein Bote geschickt. Und so entfernte er sich immer weiter von der Gegend, aus der er eigentlich kam. Überall ließ er dankbare Menschen zurück –

...Und nicht alle von denen starben.
Es sah fast so aus, als wäre dies sein Element. Oder, als ob er irgendwas ausbügeln müsste. Etwas gerade biegen, was er vielleicht mal verbogen hatte; na, jedenfalls.

Manchmal war ihm zumute, als müsste er vor Hunger sterben. Und dann geschah, was nun einmal geschehen musste.

Aber sonst hatte er seine Schwäche im Griff.
Auf diese Art trug der adrette Fremde viel dazu bei, den Landstrich sauber zu halten – ja, *fast* so sauber wie einen Landstrich, in dem ein Irrlicht im Boden sitzt. - Wie gesagt, *fast*. Und genau dieses FAST sorgte dafür, dass es noch immer genügend Gefahren gab, um die er sich kümmern musste…

...Dass er, so oder so, überall von sich eingenommenes Menschenvolk hinterließ -

164

✶✶

Noch immer war Fine entschlossen, diesen verwünschten Fengur zu finden. - *Er kann nicht einfach weg sein! Und wenn es auch ewig dauert*: *Irgendwo wird er stecken!*

Ganz schwarz umrandete Augen, wie nächtliche Waldseen im Winter ... *richtig* seidige Haut; drei Meter lange Wimpern, - und so, haben Sie das mal gehört, wenn eine Frau wen beschreibt!? Ja? Na, dann können wir uns das hier ja schenken - - „Na, klar," meinte der Dungsammler erstaunt.

Und zeigte hinunter ins Tal. Auf sein Dorf...

„*Das* ist ja was. Genau *der* ist grad hier. Ja, hier bei uns! Grad eben saß er noch in der Kneipe. Guck, die windschiefe Hütte, da. So, rechts, so; neben dem kleinen Hügel –"

„Oh, ich *liebe* sie, *Danke*...!" Glücklich koste das Finchen den alten Kerl, sodass er erstarrte...

…und wahrscheinlich noch immer da steht.

Drei Tage Gewaltmarsch fielen von Fine ab, bis Ostern hätte sie *rennen* können. So viel Erleichterung auf einmal! Es war nicht zu fassen... Sie fasste es erst mal buchstäblich nicht. - Und dann lachte sie. *Fengur*, dachte sie, *ich wusste, er lebt.* Und die Entfernung zwischen ihr und dem vom Dungsammler in ihrer fulminanten Beschreibung erkannten Irrlicht schmolz weiter dahin... Ja, ja! Das Irrlicht! – Das hatte sie nämlich vergessen.

Und da lief sie nun, diese Fine. Sarinas Jüngste war in höchster Gefahr... Oh, Mann! Wer würde ihr helfen? Sie nochmal retten? Bedauerlicherweise war keiner da. Verblendet vor Erleichterung würde sie nicht nochmal erkennen, *wer welcher war*...

Jedenfalls nicht rechtzeitig. Und weil auch sie nun verloren war, braucht sie uns jetzt nicht mehr zu kümmern.

165

...Eigentlich. In dem Moment rummste es nämlich, - unten, im Dorf, in besagter Wirtschaft, - und die Tür flog weit auf.

Und dabei sprang sie auch gleich aus den Angeln.

Alle, aber auch wirklich alle hüpften von ihren Hockern und Bänken, allerdings nur, um erstarrt dazustehen –

Ja, da standen sie nun.

„Na na," machte einer, aber das war auch schon alles. Verwirrte Blicke wurden abwechselnd auf das Irrlicht und den Neuen geworfen. - Und der schnüffelte erst einmal prüfend umher (was man auch hierzuland merkwürdig findet).

Und dann schnaufte er förmlich vor Wut ... was sehr gut zu seinem Äußeren passte: Ganz wirres Haar, von dem auch zwei oder drei Büschel fehlten, klebte in seinem Gesicht – das zudem unfreundlich guckte. Die Linke hing angeschlagen herunter, Hemd und Hose gemahnten an Dinge, die man sonst nur in Mülltonnen findet, und die verschrammte Stirn an sowas wie Frankenstein; sein Fuß war lädiert, wodurch er auch ein bisschen so ging, und dazu begann er, wie ein Irrer zu grinsen.

– „Das Ungeheuer!" schrie einer.

„...Dir hau ich doch auch gleich aufs Maul," meinte Fengur, packte sich aber statt dessen das Irrlicht.

„Hab ich dich endlich, das dachte ich mir. Daß *du* hier bist..."

...Joh, die Witterung stimmte. Trotzdem, - er stutzte, und war überrascht: Denn dieses Irrlicht, dem er seit drei Tagen folgte (nachdem er bei Tim vorbeigeschaut hatte, um dort ganz kurz mal in sich zu gehen), war - wunderschön.

S o hatte er sich seinen Todfeind nicht vorgestellt.

Seltsam, nicht? Aber, naja! Richtige Erinnerungen hatte er nicht. Nur seine unheimlichen Träume... Kurz gesagt:

Dass es so richtig *gut* aussah, damit hatte er nicht gerechnet.

Seine irre Grinse beruhigte sich -

Sie wurde kalt, eiskristallglitzernd, gefährlich.
  Ja, mit so Gecken konnte er irgendwie nichts anfangen.
Es war ihm zuwider, wenn er so einen sah... Haufenweise Weiber flogen auf den, das würde er wetten, und überhaupt, so hatte ein echter Kerl nicht auszusehen, das war doch wohl einfach nur peinlich. Wenn er nicht sowieso schon einen Hals gehabt hätte, auf dieses mordende Ding, der Anblick allein hätte gereicht. Oh, ja. Und *wie* es ihm reichte – angefressen wie er gerade war, kam ihm so ein Schönling grad recht.

Er ließ das Irrlicht kurz los - um auszuholen...
  Beleidigend langsam zog es sein Messer, das trotz der Jahre im Sumpf noch gefährlich aussah. „Du Frettchen,“ sprach Fengur, „Du gelackter Affe,“ - das Irrlicht blieb stumm, und sah ihn ernst an. – *Fengur*, dachte es. *D u bist das!*
  Weißt du nicht mehr?! Ich hab dich doch einmal - gerettet...
Ja, nun: Mochten ihn die vergangenen Jahre auch durchaus verändert haben, das Magische Ding hatte ihn dennoch erkannt. Und das sogar auf der Stelle.
  Zudem sah er seit seiner kopflosen Flucht vor dem Trugbild im Sumpf so bedauernswert aus. Er tat dem Irrlicht leid...
  ...Und es schüttelte sachte den Kopf.
Fieberhaft fragte es sich, wie es das hinkriegen könnte; wie es zu schaffen war, den Konflikt zu vermeiden – immerhin, es hatte den kleinen Jungen so gern - gehabt, und auch, wenn er nun groß war: Er war doch noch immer derselbe.

- Entsetzlich! Fast hätte ich mich mit seiner Frau eingelassen. Ein schöner Dank dafür, dass er mich damals gerufen hat. „Fengur,“ sprach es, „Ich bitte dich, ich *wusste* es nicht. Ich

konnte es doch nun mal nicht ahnen - dass Fine…" - Reue veredelte seine sehr schönen Züge, die ganze Wucht seiner Schuld türmte sich hoch in ihm auf. Es schloss die Augen... Oh, welch innere Größe gehört dazu, das Schicksal der Menschen in sich anzunehmen. Das furchtbare Schicksal, eine *Schuld* zu tragen - sie zu tragen, statt sie sich zu verzeihen...

Fine? dachte Fengur, was war jetzt nochmal mit der? Ach, egal. Den mach ich jetzt platt, Dämon ist Dämon. – Er lächelte... Und das Irrlicht atmete auf.
  Er hat es begriffen. Er hört mir zu...

…„Wenn ich so eine Fresse sehe wie deine, dann schickt´s mir," rief Fengur mit heller, unangenehm lustig klingender Stimme.
  Um es netter zu sagen!
Denn eigentlich war es auf einmal ein Keifen. Und zwar eins, das sogar ein wildes Schwein in den Wald zurück treiben kann –

„Wovon spricht der?" raunte einer der Gäste, „Da sieht doch einer wie der andere aus!" - Das Irrlicht registrierte verwirrt, dass es gerade sein eigenes Lächeln falsch verstanden hatte...
  Kein Wunder, befand sich der sonst so unmissverständlich freundliche Ausdruck doch auf Fengurs Gesicht. Ja, ja! So kann das gehen!
  Irritiert starrten alle die zwei Männer an –

…Fengur räumte noch kurz das Messer beiseite, ergriff das Irrlicht, verpasste ihm eine, und dann gleich noch eine, zerrte es sich noch ein bisschen zurecht, beförderte es mit ein paar Tritten ins Freie, machte ein unleidliches Geräusch, weil er mit dem kaputten Fuß zugetreten hatte, fluchte, fluchte ganz grässlich, und verrollte den Kerl, wie er noch keinen verrollt hatte.

Also, wie in diesem Dorf noch keiner verrollt worden war.

Erst dann machte er sich die Mühe, sich zu verwandeln - was mal wieder auf Kosten der Kleidung ging – zog statt dessen die Schattengestalt wütender Werwölfe an, und begann, den Dämon zu vertreiben.

Endgültig, ja, ja! Das haben Sie alle wohl schon mal gesehen … das muss ich ja wohl nicht beschreiben.

Viel später hieß es, man habe einen tobenden *Schatten* gesehen. Aber das weiß man ja, was in so Fällen die Leute so reden; meist nix Wahres dran. –

„So, wars das jetzt," brummte Fengur, als er dann wieder reinkam. Nach ein paar Minuten. Mit einem Rucksack, aus dem es, wie viele hinterher gesehen haben wollten, *bunt leuchtete*… Und der Besitzer von Fengurs Hose, die aussah wie grad von der Leine geklaut, fands besser, über seinen Anspruch zu schweigen.

Überhaupt war es in der Wirtschaft recht still.

„Ich wusste gar nicht, dass der einen Zwillingsbruder hat," flüsterte einer. „Das nennt man einen `Eineiigen´."

– „Wie jetzt, bei Zwillingen hat jeder nur eins?"

– „Du *bist* aber auch ein Idiot." – „Und welcher war nun das Ungeheuer?"

Fengur grinste, trank erstmal ein Bier, und später ging er mit Finchen nach Hause.

Ja, was! Gedacht, dass ich hier was andres als Schlusssatz hinschreiben will?

Epilog

Fengur ist erwachsen geworden.

Und er ist ein Werwolf, einer von inzwischen vielen in seinem Dorf. Fine, eine adelige, weil geborene Werwölfin, hatte ihn als Baby gebissen, und nun gab es im Dorf mit Fengur eben noch ein Falsches Werwolfsblut – eindeutig zu viele Wächter.

Fengur zieht mit Fine, oder Finchen – schließlich erhält in Nordhessen selbst die schrumpeligste Greisin das verniedlichende "chen" an ihren Namen gehängt – sozusagen als Chefwächter in ein anderes Dorf.

Natürlich sind sowohl Fengur und auch Finchen noch jung und sich ihrer gegenseitigen Gefühle noch nicht so richtig sicher.

Gefühle, das wird auch im zweiten Teil des "Sohnes der roten Wölfin" deutlich, sind im Nordhessischen Paralleluniversum ohnehin so eine Sache. Darüber spricht man nicht, gefühlstechnische Konflikte trägt man im Innern, mit sich selbst aus, und nicht mit jenen, die es betrifft.

Statt zu reden, schmeißt man viel lieber diese widerlichen Einhörner, die hier in der Gegend nun wirklich nichts zu suchen haben, um, oder verrollt Kroppzeug und Dämonen, selbst dann wenn es die eigenen sind.

Fengurs Irrlicht ist so ein Dämon, der wieder auftaucht, und nicht nur die Beziehung zwischen Finchen und ihm auf eine harte Probe stellt.

So einfach die Geschichte auf den ersten Blick daherkommt, so vielschichtig ist sie tatsächlich. Sie erzählt von dem recht herben und emotional eher nach innen gekehrten nordhessischen Menschenschlag, bei dem man nie genau weiß, ob solche Sprüche wie "Halts Maul" eine Liebeserklärung oder die letzte Warnung vor der Exekution sind.

Sie erzählt von einer Landbevölkerung, die im Vergleich zur regionalen Hauptstadt in einer eigenen Welt mit eigenen Strukturen, Regeln und Gesetzen lebt, die sich Veränderungen gegenüber als außerordentlich widerstandsfähig erweisen.

Sie erzählt von den bescheidenen und meist vergeblichen Ansätzen und Bedürfnissen, aus dieser Welt auszubrechen, von Emanzipierungsversuchen, und deren Scheitern. Denn das irgendwie auch sichere Geflecht familiärer und traditioneller Strukturen zeigt sich am Ende meist stärker als der individuelle Freiheitsdrang – sicher übrigens natürlich nur, wenn man dazugehört.

Es ist ein kritischer, aber auch außerordentlich liebevoller Blick auf die "Hinterwäldler" um den Meissner herum, den die Geschichte offenbart.

Geschrieben im schnoddrigen und sparsamen nordhessischen Redestil, liest sich Cora Friedrichs Geschichte trotz des kritischen, emotionalen und psychologischen Tiefgangs nach einer gewissen Eingewöhnung, die dem wunderbaren aber ungewohnten Erzählstil geschuldet ist, leicht, lebendig, spannend und immer wieder mit einem Schmunzeln.

Denn bei allem offensichtlichen Respekt, den die Autorin den Menschenwesen dieser Gegend entgegenbringt – wenn man sie nicht allzu ernst nimmt, ist es wesentlich einfacher, sich ihnen zu nähern.

Wolfgang Schwerdt

„Ja, süßliche Einhörner und all die verklärten Fantasywesen wird man in Cora Friedrichs´ Geschichten vergeblich suchen (…), Märchenstraße hin oder her. Je weiter man sich auf die Geschichte Fengurs und seines ungeheuerlichen Irrlichts einlässt und mit der Wirklichkeit (...) des Nordhessischen Berglandes vergleicht, desto vertrauter werden einem die muffeligen Werwölfe (…) der kleinteiligen ländlichen Region. Und irgendwann spielt es gar keine Rolle mehr, in welchem der Paralleluniversen sich der Leser gerade befindet. Trotz des flapsigen Stils (…) und der im Grunde recht einfachen Kerngeschichte ist das Buch ein literarisches Kunstwerk. Wer (...) diese gelegentlich merkwürdige Gegend und Mentalität ein wenig besser verstehen möchte, für den ist `Der Sohn der Roten Wölfin´ geradezu ein Geheimtipp."
Werra - Meißner - Magazin

„Sie trifft (…) jenseits von Moden und Zeitgeist den Nerv unserer Tage."
Hessisch - Niedersächsische Allgemeine Zeitung

"Die Faszination (…) geht jedoch von deren scheinbarer Realität aus. Alles, was so detailliert beschrieben wird, scheint wirklich."
Göttinger Tageblatt

"Wer (…) den Eindruck einer heiteren Seite von Cora Friedrichs Schaffen gewonnen hat, dürfte sich anschließend ausmalen, welch lange Schatten wohl die düsteren Seiten werfen mögen"
InfoTip

Impressum

© 2011 Cora Friedrichs // 11,50E //
ISBN: 9783842374669
Teil I: Februar – April 2010 // Teil II: Juni/ Juli 2011

Bibliographische Information der Deutschen Bibliothek:
Die Deutsche Bibliothek verzeichnet diese Publikation in der Deutschen Nationalbibliographie;
detaillierte bibliographische Daten sind im Internet über http://dnb.ddb.de abrufbar.
Herstellung und Verlag: Books on Demand GmbH Norderstedt, Germany
Nachwort zu Teil II : Wolfgang Schwerdt
Sonstige Quellen: The internet movie database:

http://www.hjalti-wikinger.de

Umschlaggestaltung: Philip Peyerl
Schriftsatz und Fotos: Cora Friedrichs
Umschlagfotos:
Waldweg beim Meißnerhaus,
Die Bruchwiesen in Simmershausen.
Fotos innen:
Naturpark Meißner – Kaufunger Wald,
Die Fulda bei Kassel – Wolfsanger

C. Friedrichs 2009
"Das Geheimnis der Kasseler Berge"

Die Welt der Nordhessischen Märchen ist auch im Einundzwanzigsten Jahrhundert noch ziemlich lebendig. Allerdings spielt der Wolf eine ganz andere Rolle als jene, die seinem Ruf so übel mitgespielt hat...

Sybil, der kleinste Werwolf vom Odenberg, will ihren verwunschenen Vater erlösen. Und mit dieser Besessenheit bringt sie bald Freund und Feind in Gefahr.

In der Parallelwelt gibt es inzwischen ganz andere Probleme. Eigentlich müsste Sybil dort hin zurück – um jene zu retten, die ihr das Leben zur Hölle gemacht haben.

236 Seiten, 13.90; mit Zeichnungen der Autorin
ISBN: 97 83 83 91 74 043

(…) Die Geschichte spielt weniger in einer Gegend als vielmehr in einer labyrinthischen Seele (…). Lieblingssatz: „Sybil blieb jetzt meistens ein Mensch. Denn sie hasste."

HNA - - Hessisch - Niedersächsische Allgemeine Zeitung, Juni 2010

ⁱ … Ja, genau hier.

ⁱⁱ Sammeln von Informationen über eine bestimmte Sache

ⁱⁱⁱ *J. Ischariot* = Hier: Klischeebild eines Bösewichts
Hesekiel = Jüdischer Prophet

^{iv} Im Star Trek-Universum: Das Jenseits der Klingonen

^v Durchdringend riechendes, essbares Waldkraut,
das auf dem Meißner ganze Flächen bedeckt

^{vi} ...Grob gesacht: Das Holz unter der Rinde.

^{vii} Eigentlich `gestandene Ehefrau´.
Umgangssprachlich jedoch: Fettes, altes, großes Weib

^{viii} Nordhessisch für `andauernd´

^{ix} siehe `Das Geheimnis der Kasseler Berge´

^x Hier: Kränken

^{xi} Einleiten, in Gang bringen

^{xii} Wie bei jedem Pilz, der etwas auf sich hält,
bilden die Fäden des Schimmels ein verborgenes `Myzel´,
das sich im Verborgenen ziemlich weit ausbreiten kann

^{xiii} Im weitesten Sinne: Abartiger Doppelgänger
(In Märchen heißt es, Elfen oder Trolle könnten geraubte
Kinder durch sogenannte `Wechselbälger´ ersetzen)

^{xiv} *Abstinenzler* trinke. `.einen Alkohol

^{xv} Das Zusammentreffen verschiedener Anzeichen eines Dachschadens.